collection
cascade

Du même auteur, la trilogie

LA QUÊTE D'EWILAN

1. D'un monde à l'autre
2. Les frontières de glace
3. L'île du destin

PIERRE BOTTERO

FILS DE SORCIÈRES

ILLUSTRATIONS DE
N. VAN DER STRAETEN

RAGEOT • ÉDITEUR

À Lisa, ma princesse.

Collection dirigée par Caroline Westberg

ISBN 2-7002-2868-5
ISSN 1142-8252

Pluie magique

C'était le plein milieu de la nuit. Je me suis réveillé en entendant de grosses gouttes d'eau rebondir sur les vieilles tuiles du toit, juste au-dessus de ma tête, et cascader sur l'appui de ma fenêtre.

J'ai poussé un long soupir résigné. Ma petite sœur venait encore de faire un cauchemar !

J'ai essayé de me rendormir. J'ai enfoncé ma tête sous l'oreiller, je me suis roulé en boule, j'ai expiré dix fois dix secondes…

Rien à faire ! Le bruit de la pluie avait chassé le sommeil !

J'ai étouffé un grognement. Je déteste me réveiller la nuit. Il y a trop de choses qui se croient tout permis quand il fait sombre et qui viennent jouer du tambour sous mon crâne. Des mauvais souvenirs, des peurs, des certitudes aussi…

J'ai attendu longtemps, très longtemps, puis j'ai entendu les chaussons de mamie glisser dans le couloir, jusqu'à la chambre de ma sœur. J'ai deviné les paroles réconfortantes, la main sur le front, le verre d'eau, la couverture remontée. À mon grand soulagement, la pluie s'est arrêtée. Mes plans du lendemain étaient sauvés.

J'avais rendez-vous à dix heures avec Baptiste. On avait prévu de construire une cabane dans un immense chêne, derrière le champ du père Signoret, et il fallait qu'on se dépêche. Dans une semaine, les vacances seraient finies…

Chaque année, c'est la même chose. Des jours et des jours à ne rien faire, à presque m'ennuyer, puis soudain, alors que la rentrée approche, je me découvre un projet tellement passionnant qu'il me faudrait dix ans sans école pour le réaliser.

L'été dernier, Baptiste et moi on a creusé un tunnel qui devait nous conduire dans une grotte préhistorique ! Elle se situait, on en était persuadés, à l'intérieur de la petite barre des Costes. C'est la découverte d'un fossile en forme de coquillage qui nous a fourré cette certitude dans le crâne. La preuve n'aurait peut-être pas séduit des spécialistes, mais il ne nous en faut pas beaucoup, et elle nous a suffi. On a pioché pendant trois jours sans s'arrêter, les mains pleines d'ampoules et les ongles noirs de terre !

Mamie est intervenue juste avant qu'on se ramasse la moitié de la colline sur la tête…

Cette année, c'était la cabane. Pas une vulgaire hutte de branchages. Non, une construction en hauteur à faire pâlir de jalousie Tarzan et Robinson Crusoé réunis. Tout était prévu : terrasse avec hamac, cuisine avec eau courante, toboggan d'évacuation d'urgence, ascenseur à fonctionnement hydraulique, vigie, passerelle d'accès.

Il ne nous restait plus qu'à la construire.

J'avais déjà « emprunté » un marteau et des clous dans l'atelier de pépé et Baptiste devait se procurer une échelle de corde.

Tout un programme… qui aurait capoté sous la pluie !

J'étais à un quart de poil de basculer dans mes rêves, lorsque la maudite musique des gouttes sur le toit a repris, plus forte cette fois. Ma petite sœur était pourtant rendormie et il est rare qu'elle fasse deux cauchemars d'affilée. Ce devait être une averse naturelle, celle-là. Adieu cabane !

Dans la chambre d'à côté, j'ai perçu le grincement du vieux sommier à ressorts de mes grands-parents, puis la voix de pépé Atlas suppliant sa femme :

– Pléioné, mes salades ! Elles vont pousser trop vite !

Mamie s'est levée, je l'ai entendue ouvrir les volets. Elle a claqué des doigts et lancé un petit cri :

– Allez ! Ouste !

J'ai fermé les yeux en souriant béatement. Si mamie s'en mêlait, la cabane était sauvée !

Je crois qu'elle est encore meilleure sorcière que maman, et ce n'est pas peu dire. Je l'ai vue faire des choses beaucoup plus étonnantes que chasser un petit orage d'été, même si elle prétend qu'en vieillissant, elle perd un peu la main. Je savais que demain, le soleil taperait fort. Le mauvais temps a compris. Il n'a pas insisté.

Je me suis endormi, en me demandant pour la cinq cent milliardième fois, pourquoi dans ma famille, seules les filles sont des sorcières.

Crotte de lapin et père manquant

Je m'appelle Jean, Jean Sylvestre, et je ne suis pas sorcier.

Même pas un tout petit peu !

Ma mère est sorcière, ma grand-mère est sorcière, mes tantes sont sorcières. Jusqu'à Lisa, ma petite sœur, qui provoque des orages quand elle fait un cauchemar, ou qui attire tous les oiseaux des environs quand elle chante alors qu'elle n'a pas trois ans.

Moi, rien ! Rien du tout !

J'ai pourtant essayé. Je me suis concentré, à me faire exploser le crâne. J'ai inventé des formules encore plus compliquées que mes leçons de grammaire. J'ai même bu une potion de mon invention, à base de vieux café dans lequel j'avais fait tremper des orties et, j'ose l'avouer, une crotte de lapin. C'est la seule fois où il s'est passé quelque chose.

J'ai vomi.

Sinon, rien ! Pas le moindre début d'un quelconque pouvoir magique !

Un jour, après l'échec d'une nouvelle tentative, maman m'a attiré sur ses genoux pour m'expliquer :

– Tu sais, mon Jeannot...

(J'aime pas quand elle m'appelle Jeannot, ça me fait penser au lapin du père Signoret, celui de la crotte dans la potion. La crotte du lapin bien sûr, pas celle du père Signoret !)

– Tu sais, mon Jeannot, ça ne sert à rien de forcer comme tu le fais. Dans la famille, ce sont les filles qui sont sorcières. C'est ainsi, on n'y peut rien. Tu as des tas d'autres qualités, mais tu ne jetteras jamais de sorts. Autant t'y faire, tu ne crois pas ?

Non, je ne croyais pas, mais visiblement je n'avais pas le choix. J'avais par contre été heureux que maman m'attribue des tas de qualités, même si elle avait oublié de préciser celles auxquelles elle pensait.

Bon, depuis quelque temps, je me suis fait une raison. Depuis la naissance de ma petite sœur en fait, et ça aussi c'est une drôle d'histoire.

Moi, je suis né en mars, il y a dix ans. À cause de, ou grâce à ma mère et mon père. Si j'insiste comme ça, c'est pour préciser que je sais parfaitement que pour faire un bébé, il faut être deux. Un homme et une femme. S'ils s'aiment, c'est encore mieux, même si ce n'est pas obligatoire. Pour moi, c'était le cas.

J'ai vu des photos avec maman blottie dans les bras de papa et il faudrait être aveugle pour ne pas s'apercevoir que ces deux-là s'aiment. Du moins s'aimaient.

Papa est parti quand j'avais cinq ans. J'étais petit à l'époque et j'avoue que je ne me souviens plus très bien de lui. Je me rappelle juste qu'il était grand et fort avec une voix grave et douce à la fois. Son odeur aussi, qui me donnait envie de lui mordre les oreilles...

Je crois que c'est parce que maman est une sorcière qu'il est parti. C'est du moins ce que prétend tatie Astérope quand elle vient à la maison et que maman a des larmes qui dansent dans les yeux. Il n'a pas dû supporter ça. Honnêtement, je le comprends un peu...

Bon, je m'éloigne de mon sujet. Je vous parlais de ma petite sœur et du mystère qui entoure sa naissance, ou plutôt sa conception. Parce que, voyez-vous, ma petite sœur n'a pas de père !

Je sais. J'ai dit plus haut qu'il fallait être deux pour fabriquer un bébé. Que c'était obligatoire ! C'est vrai, et je ne reviens pas là-dessus, c'est une loi biologique.

Mais écoutez la suite.

Mon père était parti depuis presque trois ans et les seules nouvelles que j'avais reçues de lui tenaient sur une carte postée du Canada. Depuis quelque temps, maman était un peu bizarre. Elle souriait à longueur de journée et chantonnait de petits airs gais et entraînants. Puis j'ai remarqué que son ventre s'arrondissait. J'ai rapidement eu des soupçons et, au bout d'un mois ou deux, j'en étais sûr : elle attendait un bébé ! Discrètement, j'ai mené une enquête. Ça a été vite fait. Personne ! Personne ne pouvait être le père de ma future sœur !

À la maison, j'étais le seul homme et j'étais certain qu'aucun inconnu ne se cachait sous un lit ou dans un placard. Sur le palier, il n'y avait que nous et les Puccini, un couple encore plus âgé que pépé et mamie. Dans l'immeuble, tous les hommes étaient mariés et plutôt moches. Comme célibataire, il y avait bien M. Lopin, mais il est raciste, méchant et stupide, trois défauts qui le mettent hors concours (maman prétend qu'on peut se contenter de dire raciste...). Dans le quartier entier, et peut-être dans tout Paris, je ne voyais personne d'assez chouette pour avoir réussi à séduire maman.

Il faut dire que la tâche est super difficile. Maman est très belle. Elle a de longs cheveux noirs qu'elle ramène souvent en chignon fou au-dessus de la tête. Ses yeux sont immenses et si sombres qu'on ne voit presque pas de limite entre leur iris et le rond du milieu. Elle est mince aussi, toujours bien habillée...

Bon, voilà que je m'éloigne encore…

Donc, maman attendait un bébé et il n'y avait pas de papa en vue !

Un soir où elle est rentrée tôt du boulot, je me suis jeté à l'eau, je lui ai posé la question. Cette semaine-là, c'était tatie Maia, la plus jeune des sœurs de maman, qui me gardait et elle n'avait pas voulu manger avec nous, afin de foncer plus tôt chez son chéri du moment, le quarante-troisième depuis le début de l'année.

Après le repas, maman s'est installée sur le canapé et je suis venu me blottir contre elle. Je suis allé droit au but, sinon elle m'aurait embrouillé, comme d'habitude.

– Maman ?

– Oui, Jeannot ?

– Qui c'est le papa du bébé que t'as dans le ventre ?

– …

– Tu veux pas me dire ?

Elle a fait une drôle de grimace et a changé de sujet.

– Est-ce que par hasard ce ne serait pas l'heure des *Aventures du capitaine Blast* ?

– Maman ! Cette série ne passe plus à la télé depuis des semaines !

– On ne sait jamais, Jeannot. Ils l'ont peut-être reprogrammée ?

Elle a fait un geste de la main et la télé s'est mise en marche. Avec maman, pas besoin de télécommande.

Bien sûr c'était *Les Aventures du capitaine Blast*, et je me suis fait avoir. J'ai renoncé à la questionner. Je me suis installé confortablement devant le petit écran, la tête posée sur son ventre qui faisait un coussin juste comme il faut.

Derrière nous, dans la cuisine, les assiettes se lavaient toutes seules et quand maman a claqué des doigts, un sachet de pop-corn sucré est apparu sur ses genoux.

J'étais comme au paradis et je crois que c'est à ce moment précis que j'ai accepté de ne jamais devenir un sorcier.

La cabane dans l'arbre

– On a eu chaud avec la pluie de cette nuit !

Baptiste et moi venions de franchir la dernière roubine[1] et le grand chêne se dressait à quelques dizaines de mètres devant nous. J'ai un peu rigolé à cause de l'expression et je n'ai pas résisté à l'envie de me moquer gentiment de mon copain.

– C'est sûr ! Heureusement, ça n'arrive pas souvent qu'il tombe de l'eau chaude. Surtout la nuit...

Baptiste m'a regardé comme si j'avais prononcé une phrase en chinois et je n'ai pas insisté.

– Par quoi on commence ? lui ai-je demandé.

– Euh...

J'ai déposé mon chargement par terre et j'ai contemplé le tronc de l'arbre.

1. Petit fossé entre deux champs.

Pour un chêne, c'était un chêne ! Il aurait fallu être cinq ou six pour en faire le tour en se donnant la main et sa première branche était au moins à quatre mètres du sol. Sûr que cet arbre devait avoir au moins mille ans !

– On va commencer par y grimper, d'accord ?

– D'accord !

Baptiste n'est pas contrariant.

Il habite Sainte-Justine-de-l'Espigaou, le village de pépé et mamie, et fréquente son école. Il va entrer au CM2 comme moi, mais dans sa classe ils ne sont pas vingt-huit... Il est un !

C'est une classe unique avec douze élèves et Baptiste est le seul à avoir dix ans. C'est pour ça qu'il est heureux quand arrivent les vacances et que je débarque à Sainte-Justine. Nous nous connaissons depuis que nous sommes tout petits et il a toujours été persuadé que, comme je suis « de la ville », j'ai plus d'idées que lui. J'ai donc, depuis des années, la lourde responsabilité d'inventer nos bêtises communes. Travail intensif, mais, jusqu'à présent, mon imagination ne m'a jamais fait faux bond !

Pour le chêne, on avait un problème. Impossible de l'escalader ! Son écorce était couverte de mousse et n'offrait aucune prise. Pire, elle glissait et nous n'avons pas réussi à nous élever de plus de dix centimètres.

– Fais-moi la courte !

Baptiste s'est placé le dos au tronc et a mis ses mains en coupe devant lui. J'ai posé un pied dessus et l'autre sur son épaule. Même en levant les bras, il me manquait un bon mètre pour atteindre la première branche. J'ai sauté au sol et j'ai reculé de deux pas en réfléchissant intensément.

– On est mal, vieux !

Baptiste m'a regardé avec un drôle d'air.

– T'as pas la magie, toi ? Tu pourrais rendre le tronc moins glissant...

J'ai sursauté.

– Qu'est-ce que tu racontes ?

J'avais aboyé plus que parlé et Baptiste a eu l'air gêné.

– Ben... Comme ta grand-mère elle l'a, la magie, je pensais que tu l'avais peut-être, toi aussi.

Je déteste ce type d'allusion.

Dans le village, tout le monde sait que mamie est une sorcière et ça ne pose de problème à personne. Les gens l'acceptent comme si c'était naturel. Ils n'en parlent pas trop, et jamais devant un étranger, mais ils la considèrent comme quelqu'un de tout à fait normal. Ils viennent parfois la voir quand ils ont un souci, et elle les aide toujours volontiers. Le reste du temps, elle mène la vie ordinaire des autres habitants.

Moi, je n'arrive pas à en parler. Même à Baptiste, qui est un sacré bon copain. À Sainte-Justine, j'évite simplement le sujet, mais à Paris je préférerais me faire couper en morceaux plutôt que d'avouer que, chez moi, le frigo se remplit seul ou que ma mère nettoie nos vêtements en claquant des doigts !

De toute façon, si je révélais que je fais partie d'une famille de sorcières, on me prendrait certainement pour un fou...

– On va balancer l'échelle de corde par-dessus la branche. D'accord ?

– D'accord.

Baptiste a eu l'air soulagé que je change de sujet et nous n'avons plus parlé de magie. Au bout d'une vingtaine d'essais, nous avons réussi notre coup. L'arbre était à nous. La construction de la plus belle cabane du monde pouvait commencer.

Bon, c'est vrai, le résultat n'a pas été à la hauteur de nos ambitions, mais au bout d'une semaine la cabane était finie et elle était vraiment géniale.

Nous avons décidé de faire une inauguration officielle et nous avons invité pépé et Lisa.

Comme chaque jeudi, mamie était partie au marché de Nyons et Baptiste n'avait pas voulu en parler à ses parents qui, de toute façon, travaillaient ce jour-là.

Mon grand-père s'est gentiment extasié devant notre œuvre, mais il a surtout été content de retrouver son marteau qui traînait au bas de l'arbre. Il l'a passé dans sa ceinture sans rien dire, pourtant j'ai compris à son regard que j'aurais désormais du mal à lui « emprunter » ses outils.

Lisa a voulu grimper à tout prix dans la cabane et, comme pépé ne sait pas lui dire non, ils ont gravi ensemble l'échelle de corde. Ça a été une sacrée expédition !

Il montait juste derrière elle et ne paraissait pas trop rassuré.

Moi aussi, j'étais anxieux et je les ai suivis pour les aider si un problème survenait tandis que Baptiste, au sol, se tenait prêt à rattraper tout le monde en cas de chute. Pépé a beau être assez fort pour porter le ciel sur ses épaules, ses jambes tremblaient, la corde bougeait et, à deux ou trois reprises, nous avons frôlé la catastrophe.

Lisa était la seule à ne pas s'inquiéter. Elle a gravi les barreaux un à un en s'appliquant à placer ses pieds bien au milieu et en chantonnant :

– Je vais voir la tabane, je vais voir la tabane...

Elle n'avait absolument pas conscience du danger. Elle avait sans doute raison, elle ne risquait rien… Si l'échelle avait cassé, pépé et moi nous nous serions écrasés sur Baptiste, mais j'étais prêt à parier que Lisa se serait posée au sol comme un papillon !

En haut, nous avons goûté. Pépé avait apporté un saucisson et une miche de pain. Il a coupé des tranches bien épaisses avec le couteau qu'il a toujours dans sa poche, et les a généreusement garnies avant de nous les distribuer. Nous nous sommes régalés. Ça a été un moment magique.

Premières inquiétudes

Le lendemain, quand maman est arrivée, juste avant midi, je jouais aux dominos avec Lisa, à plat ventre dans la salle à manger. Je crois que les autres petites filles ne jouent pas à ce genre de jeux à deux ans et demi, mais ma sœur est un peu spéciale, je vous l'ai dit... C'était la troisième partie qu'elle remportait et je commençais à m'interroger. Ma sœur trichait-elle ?

J'ai détourné son attention en lui montrant une abeille se cogner à la vitre et j'ai jeté un rapide coup d'œil sur les deux dominos qui lui restaient. Quatre-trois et cinq-cinq. J'ai soigneusement verrouillé le jeu en plaçant un deux-six. Lisa a regardé le domino que je venais de poser en plissant le nez, puis elle a attrapé une de ses plaques et l'a posée contre les autres. Un double six !

J'ai soupiré. Inutile d'essayer de lui expliquer que c'est mal de tricher. Elle n'aurait pas compris, ou aurait fait semblant de ne pas comprendre. Et puis, tout au fond de moi, je savais bien qu'à sa place je ne me serais pas privé de changer mes dominos pour remporter la partie...

Maman est arrivée à ce moment-là, et nous avons abandonné le jeu pour courir à sa rencontre. Là, j'ai gagné. Lisa a beau être une sorcière, je cours plus vite qu'elle et j'ai été le premier à sauter au cou de maman.

Elle m'a serré très fort et, au bout de cinq cent mille baisers, elle m'a posé au sol pour prendre Lisa dans ses bras. Pépé et mamie sont arrivés à leur tour et les embrassades sont devenues générales. Mes grands-parents ont sept enfants, sept filles, et chaque fois que l'une d'elles vient les voir, la maison prend un air de fête.

– Stop, a fini par s'écrier maman en nous repoussant Lisa et moi. Je n'arrive plus à respirer, au secours !

Elle était radieuse, et un rire chaud dansait dans ses yeux noirs. J'ai senti un frisson de bonheur me traverser le dos. Ce que j'étais content de la retrouver !

– À table, a lancé mamie, nous n'attendions plus que toi.

À Sainte-Justine-de-l'Espigaou, on mange toujours dans la cuisine, sur l'immense table en bois qui est dans la maison depuis des générations.

La salle à manger, qui porte bien mal son nom, ne sert qu'à Noël ou pour les grandes fêtes, quand la maison grouille de sorcières.

Mamie avait préparé un poulet aux champignons qui sentait rudement bon et nous nous sommes installés.

– Tu as des nouvelles de tes sœurs ? a demandé pépé au bout d'un moment.

– J'ai vu Maia hier, a répondu maman, j'ai mangé avec Alcyone la semaine dernière et j'ai croisé Electra il y a deux ou trois jours. Et vous ?

– Nous avons eu un coup de fil de Célaéno des États-Unis et un autre d'Astérope. Nous n'avons pas réussi à joindre Méropé. Elle aurait pourtant dû reprendre le travail, mais personne ne l'a vue à son bureau et chez elle, ça ne répond pas.

Il faut que je vous explique que les sept filles de pépé et mamie forment une tribu très unie. Chacune d'entre elles sait toujours où sont les autres et ce qu'elles font. Elles sont continuellement en train de se téléphoner et, quand elles ne se voient pas pendant deux semaines, elles en sont malades.

Célaéno, la cinquième sœur, est une passionnée de botanique. Chez elle il y a des plantes partout, une véritable serre tropicale. Elle est partie en Amérique il y a quelques mois afin d'étudier la croissance du séquoia, son arbre fétiche. Elle écrit qu'elle se régale et que le pays est superbe, pourtant je suis prêt à parier cher qu'elle ne tardera pas à rentrer. Comme ses sœurs, elle ne peut pas se passer de la famille...

Maman est la seule à avoir eu des enfants, ce qui fait que Lisa et moi sommes les uniques descendants de la dynastie Sylvestre. Du coup mes six tantes passent très souvent à la maison pour nous embrasser, s'inquiéter de notre santé ou nous garder quand maman travaille tard. Ce sont un peu des mamans de secours...

J'ai écouté les grandes personnes se raconter les nouvelles des unes et des autres et, tout à coup, j'ai réalisé que la rentrée était presque là. Il ne me restait plus que deux jours et demi de vacances avant d'attaquer ma dernière année d'école primaire.

Je me suis senti partagé entre la tristesse de quitter Sainte-Justine et la joie de retrouver les copains. Après une brève hésitation, le deuxième sentiment l'a emporté et j'ai demandé à maman :

– Quand est-ce qu'on part ?

– Demain matin, très tôt, a-t-elle répondu. Lisa finira sa nuit dans la voiture et toi, tu m'indiqueras le chemin.

J'aime bien quand elle fait comme si j'étais un grand. Je me sens plus fort et j'en oublie que j'ai encore peur du noir...

Après le café, j'ai amené maman visiter notre cabane.

Elle s'est gentiment extasiée, mais a émis des doutes sur la solidité de l'ensemble. Notamment l'échelle de corde.

– Il faut être prudent, Jean. Imagine que Lisa grimpe là-haut en cachette...

J'ai grimacé. Pourvu que maman n'apprenne pas où nous avions goûté la veille. Elle a jeté un coup d'œil circulaire et, voyant que nous étions seuls, elle a fait un petit signe de la main. Il y a eu une série de craquements et la cabane s'est nettement redressée. J'ai même eu l'impression que les vieilles planches que nous avions récupérées étaient tout à coup plus droites, plus solides. La corde a disparu et un solide escalier en bois a surgi à sa place.

– Super ! ai-je approuvé. Mais, maman...

– Oui Jeannot ?

– L'échelle était à Baptiste !

Elle a pris un air désolé et a claqué des mains. Le vilain assemblage de ficelle et de barreaux que nous avions utilisé pendant la semaine a réapparu au pied du chêne, soigneusement plié.

– Et voilà ! D'autres remarques, mon fils ?

– Non, ai-je répondu, ou plutôt si, une ! Tu devrais abandonner ton travail et te lancer dans la construction de cabanes. Tu ferais fortune !

Maman a éclaté de rire et nous sommes rentrés. À la maison, mamie essayait encore de joindre Méropé au téléphone.

– Mais où peut-elle être ? a-t-elle demandé en raccrochant.

– Ne te fais pas de souci, Pléioné, l'a rassurée pépé. Tes filles sont grandes et parfaitement capables de se débrouiller seules. Méropé a sans doute prolongé ses vacances, à moins que, sur un coup de tête, elle ne soit partie visiter une exposition de bijoux à Malte ou à Singapour. Elle en est capable…

Mamie n'a rien rétorqué, mais il était clair qu'elle ne croyait pas à ces explications. J'ai regardé maman et ce que j'ai lu dans ses yeux m'a fait l'effet d'une vilaine piqûre de guêpe. Elle aussi était inquiète.

Très inquiète.

Conseil de sorcières

Le voyage jusqu'à Paris a été monstrueusement ennuyeux. Plus de sept heures d'autoroute ! Un supplice pour quelqu'un comme moi, qui ne peut pas rester en place plus de trois minutes d'affilée.

Au début, j'ai bien aimé. Le jour était tout neuf, Lisa dormait dans son siège auto et nous roulions sur des petites routes pleines de virages et de surprises. Dans la forêt de Saou, une famille de sangliers a traversé sans se presser, quelques mètres devant nous, et maman a été obligée de s'arrêter.

À Valence, elle a bifurqué pour prendre l'autoroute. Au péage, elle a avancé la voiture jusqu'à la borne et a attrapé le ticket qui en sortait. La barrière s'est levée mais, le temps que maman passe la première, elle est redescendue. Marche arrière, nouveau ticket.

Cette fois, la barrière n'est montée que d'une dizaine de centimètres avant de s'immobiliser. Derrière nous, les autos ont commencé à klaxonner et j'ai bien vu que maman s'énervait.

Troisième essai, la barrière s'est contentée de frémir ! Il nous a fallu encore deux tentatives pour comprendre que Lisa était réveillée depuis un moment et s'amusait comme une petite folle.

Maman a hésité une seconde entre un coup de colère et un fou rire puis, en s'esclaffant, elle a claqué des doigts. La barrière a arrêté de faire n'importe quoi et nous avons pu passer.

Après, le voyage a été nul.

Des kilomètres de goudron rectiligne, marqués seulement par les envies de pipi de ma sœur et par les tentatives de chauffards criminels de provoquer des accidents...

Nous nous sommes arrêtés à midi pour manger un pique-nique préparé par mamie, mais même là, j'ai été déçu. Le poulet aux champignons mangé sur une aire d'autoroute n'a vraiment rien à voir avec celui que l'on déguste à Sainte-Justine !

Après plus d'une heure d'embouteillages pour entrer dans Paris, nous avons fini par atteindre la maison. J'ai commencé à me sentir mieux. C'est toujours cool de retrouver sa chambre et ses jeux préférés après presque deux mois d'absence !

À peine arrivée, Lisa s'est couchée sur le canapé, son pouce à la bouche.

Maman avait l'air soucieuse et l'était certainement puisqu'elle n'a pas ouvert les volets ni défait les bagages mais attrapé le téléphone.

Toujours pas de tatie Méropé !

Elle a alors appelé mes grands-parents pour leur annoncer que nous avions fait bonne route. Le temps qu'elle leur raconte notre voyage, Lisa s'était endormie, la tête sous un coussin. Elle a beau savoir ensorceler les barrières d'autoroute, c'est encore presque un bébé et quand la sieste l'appelle, elle répond. Maman l'a installée confortablement et s'est tournée vers moi.

– Jean ?

– Oui ?

– Je vais faire de la magie.

Quand maman parle comme ça, c'est qu'elle se prépare à une action vraiment particulière !

Je ne suis pas sorcier, mais j'ai depuis longtemps compris une chose fondamentale. Pour ma mère et ses sœurs, il y a deux sortes de magie. La plus courante, celle qu'elles utilisent tout le temps, presque sans s'en rendre compte, pour se simplifier la vie, c'est la petite magie. Cela va de transformer une mouche en confetti jusqu'à laver les rideaux sans les décrocher, assise devant la télévision.

Et puis il y a l'autre, la Grande Magie (vous avez remarqué les majuscules ?). Celle-là, pas question de s'en servir à tort et à travers. Plus puissante, plus mystérieuse, elle est réservée aux occasions très particulières ou aux urgences.

Aujourd'hui, visiblement, il y avait urgence...

– Tu sais ce que tu dois faire, Jeannot ?

– Euh...

Maman a soupiré.

– Tu ne dois rien faire. Rien du tout. Tu dois juste t'occuper de ta sœur si elle se réveille avant mon retour. Rien d'autre. Compris ?

– Compris !

Quand maman a décidé de faire de la Grande Magie, il vaut mieux ne pas l'énerver... Elle s'est placée près de la fenêtre et a prononcé une phrase tellement compliquée, que le chinois, à côté, deviendrait presque évident ! Pendant une seconde elle a brillé comme si elle s'était trempée dans de l'or, puis elle a disparu. Elle a cessé simplement d'être là et, tout à coup, j'ai trouvé qu'il faisait un peu froid.

Je suis allé m'asseoir sur le canapé, à côté de Lisa. Je lui ai pris la main au cas où elle se réveillerait et, comme elle ne se réveillait pas, je l'ai un peu poussée. Puis un peu plus.

C'est fou ce que les filles ont le sommeil profond. J'ai eu beau faire, elle a gardé les yeux résolument fermés ! J'ai donc attendu, le temps s'écoulant avec une insupportable lenteur. Heureusement, maman est rentrée assez vite.

Elle est apparue là où elle s'était tenue avant de partir, et avec elle le soleil est revenu dans la maison et dans mon cœur. Ou peut-être seulement dans mon cœur, mais comme c'est lui qui me tient le plus chaud...

Elle avait l'air encore plus soucieuse qu'au moment de disparaître.

– Méropé n'a pas remis les pieds chez elle, a-t-elle murmuré. Il faut que j'avertisse mes sœurs.

J'ai eu peur qu'elle s'en aille à nouveau, mais cette fois elle s'est contentée d'utiliser le téléphone. Elle a passé quatre coups de fil, puisque Célaéno était aux États-Unis. À chaque fois, elle a brièvement raconté que Méropé avait disparu et la conversation s'est achevée par un « à tout de suite ! ».

Maia, la plus jeune, est arrivée la première. Son chéri du moment n'habite pas loin et elle est toujours fourrée chez lui. Elle est tellement amoureuse qu'elle risque de le garder encore au moins dix jours ! Maia a un petit visage plein de taches de rousseur et des cheveux noirs, teints en orange, qu'elle coiffe en pétard. Ça lui fait un look extra et, quand elle marche dans la rue, tout le monde se retourne. Pas autant que sur maman, mais presque !

Elle nous a embrassés et, au moment où elle jetait un coup d'œil émerveillé sur Lisa, toujours endormie, Astérope est arrivée à son tour. C'est l'aînée des sept sœurs et on voit qu'elle a surveillé de près leur éducation. Elle en a gardé un goût marqué pour l'autorité et les remarques acerbes. Quand elle est là, pas question de dire ou de faire n'importe quoi. Heureusement qu'elle adore rigoler et jouer au Monopoly !

Alcyone et Electra ont poussé la porte peu de temps après.

Tatie Alcyone est une des décoratrices les plus demandées de Paris. On s'arrache ses services à prix d'or. Contrepartie de sa célébrité, ses vêtements sont la plupart du temps maculés de peinture, de vernis ou de patine, et il n'est pas rare de voir dépasser un pinceau de son sac, de sa poche ou de ses cheveux...

Electra, elle, est tombée dans une marmite de livres quand elle était petite. Elle a tout lu et quand je dis tout, c'est tout ! Elle connaît le plus anonyme des auteurs, qu'il soit français, anglais ou taïwanais, et elle est capable de réciter des milliers de poésies et d'extraits de romans.

Ces deux-là habitent à l'autre bout de Paris. Elles avaient dû utiliser la Grande Magie pour traverser la capitale en moins de dix minutes…

Entre-temps Lisa s'était réveillée et nos tantes nous ont entourés pour nous demander si nous avions bien profité de nos vacances. Leurs questions manquaient toutefois de naturel et, à leurs mines inquiètes, j'ai compris qu'elles étaient vraiment préoccupées. Elles se sont d'ailleurs rapidement installées sur le tapis devant la table basse et Maia a servi le thé qu'elle venait de préparer. Je me suis enfoncé dans le canapé, Lisa blottie contre moi. Elle avait saisi comme moi que si nous voulions entendre ce qui allait se dire sans risquer de nous faire expédier dans nos chambres, il fallait que nous soyons invisibles et muets. Elles sont restées un moment silencieuses à siroter leur thé, puis maman a commencé à parler :

– Mes sœurs, j'ai peur que nous ayons affaire à un buveur de magie !

Une deuxième disparition

Ses paroles avaient été proférées sur un ton calme mais effrayant.

Je me suis raidi et, à côté de moi, Lisa a poussé un petit cri. Maman et ses sœurs ont tourné la tête vers nous, et ça n'a pas raté.

– Les enfants, allez jouer dans vos chambres !

Impossible de discuter, surtout avec tatie Astérope qui nous regardait avec ses yeux des mauvais jours.

Je me suis levé et, en réprimant un soupir, je suis sorti de la pièce, Lisa accrochée aux poches de mon pantalon. Inutile d'essayer d'écouter en cachette. Pas avec cinq sorcières dans la pièce... Je me suis assis sur mon lit et Lisa est venue se planter devant moi.

– C'est quoi un mangeur de magie ?

– Un buveur, pas un mangeur !

– Bon, c'est quoi un buveur de magie ?

Je n'étais pas trop rassuré par ce que je venais d'entendre et, quand j'ai peur, je ne suis pas toujours aimable.

– Je sais pas ! T'as envie de demander à tatie Astérope ?

– Ben non !

– Moi non plus, alors arrête de me poser des questions idiotes !

Ma petite sœur a pas mal de défauts, mais elle n'est pas susceptible. Elle s'est contentée de faire une petite moue déçue avant de me proposer :

– Tu veux jouer aux dominos ?

J'ai hésité une seconde.

– D'accord, mais uniquement si tu ne triches pas !

Lisa m'a regardé avec de grands yeux innocents et, une fois de plus, je me suis demandé pourquoi ils avaient exactement la même couleur bleue que les miens alors que ceux de maman sont noirs. Noir foncé !

Nous avons installé le jeu par terre. Quand maman nous a rejoints, Lisa était de nouveau en train de me mettre la pâtée.

– Les enfants, je vais faire quelques courses avec mes sœurs. Tatie Maia va vous garder en attendant que je revienne.

Lisa s'est levée en dispersant les dominos.

– Je vais avec toi ! Je vais avec toi ! Je...

– Non, l'a interrompue maman. Tu restes ici. Nous allons beaucoup marcher et ça va être fatigant. Trop pour tes jambes de sauterelle.

– Alors tu m'achètes un cadeau !

– On verra, petit monstre. En attendant, si tu allais dire à tatie Maia ce que tu veux manger ce soir ?

Ma sœur est partie en courant et maman s'apprêtait à la suivre quand je l'ai attrapée par la manche.

– Tu es sûre que tu vas faire des courses ?

Elle a eu le même regard innocent que sa fille quelques minutes plus tôt.

– Bien sûr, a-t-elle affirmé. Pourquoi cette question ?

J'ai préféré changer d'angle d'attaque.

– C'est quoi un buveur de magie ?

Maman a marqué un temps d'arrêt et a plissé le nez.

– Tu as beau être redoutablement intelligent, c'est une histoire un peu compliquée pour un garçon de ton âge. Et puis ce n'est guère intéressant. Un jour, quand nous serons tranquilles, je t'en parlerai. Promis.

J'ai compris que ce jour-là n'était pas prêt d'arriver, mais je n'ai pas osé insister. Pourtant j'ai fait une dernière tentative :

– Toujours pas de nouvelles de tatie Méropé ?

Maman est trop forte pour moi. Elle n'a pas bronché et a même réussi à sourire.

– Toujours pas. Telle que je la connais, elle doit être en train d'acheter des bijoux à Tombouctou, des bracelets à Yaoundé ou des diamants à...

– Abidjan ! ai-je lancé, achevant la formule que nous utilisions pour nous moquer de ma tante et de son goût immodéré pour tout ce qui brille.

Maman m'a ébouriffé les cheveux et a tourné les talons. Je venais encore de me faire rouler dans la farine.

Tatie Maia avait la super forme ou bien c'est une sacrée comédienne...

Nous avons joué à cache-cache dans la maison jusqu'au moment où nous avons retrouvé Lisa perchée au sommet de la grosse armoire dans la chambre de maman. Impossible de grimper là-haut sans échelle ou alors il faut savoir voler ! Même tatie Maia a été surprise et nous avons changé de jeu...

Maia est la plus cool des sœurs de maman, elle est toujours prête à utiliser la magie, pas la Grande bien sûr, pour nous amuser. Sauf, évidemment, quand tatie Astérope est dans les parages !

Nous avons fait une partie de petits chevaux où il suffisait d'annoncer à haute voix le chiffre indiqué par le dé pour que le pion avance seul. Chaque fois qu'on prenait le cheval d'un adversaire, il disparaissait dans une explosion rigolote avec un brin de fumée. Génial !

Un peu plus tard, nous avons regardé à la télévision un film unique qui n'a jamais été tourné. Terminator rencontrait Blanche-Neige et, ensemble, ils partaient combattre aux côtés de Robin des bois. Tatie Maia s'était surpassée. L'histoire était un peu compliquée à suivre, mais le montage était génial... Je crois qu'à la fin Terminator se mariait avec Marianne, mais je n'en suis pas tout à fait certain !

Nous étions en train de nous lancer dans une aventure crêpes lorsque maman est revenue. Immédiatement j'ai compris que la situation était grave. Elle avait les traits tirés, et ses yeux noirs brillaient. De colère, ou peut-être de chagrin, mais sûrement pas de joie ! Elle a posé sur la table un grand sac qu'elle n'avait pas en partant et a échangé un regard plein de sous-entendus avec tatie Maia qui s'est tournée vers nous.

– Je crois qu'il n'y a plus de farine dans cette maison. Si vous alliez en acheter un paquet à l'épicerie du coin ?

Difficile de trouver une excuse plus bidon ! Elle n'avait qu'à se toucher le bout du nez pour se faire livrer trois tonnes de farine par Magic Air Line et, jusqu'à présent, maman n'avait jamais voulu que je sorte seul avec Lisa.

Cette fois, pourtant, elle s'est contentée de hocher la tête.

– Bonne idée, a-t-elle acquiescé. Fais attention à ta sœur.

Elle m'a tendu son porte-monnaie d'un air absent et je n'ai pas eu d'autre solution que de quitter la maison avec Lisa.

J'ai eu envie de claquer la porte pour montrer mon mécontentement, mais ce n'est pas une chose à faire avec maman, même quand elle est préoccupée.

Par contre, puisque nous étions libres, autant en profiter…

J'ai escaladé la rampe de l'escalier et j'ai descendu les trois étages à califourchon, Lisa serrée entre mes bras ! Nous avons rapidement pris de la vitesse et, à la fin, nous allions si vite qu'une peur brutale m'a pincé le dedans du ventre. Ma petite sœur a poussé un cri d'effroi ravi, mais nous sommes miraculeusement arrivés sains et saufs au rez-de-chaussée. Si maman m'avait vu, elle m'aurait certainement transformé en limace…

Lisa m'a consciencieusement donné la main pendant le trajet jusqu'à l'épicerie où nous avons acheté la farine et un paquet de bonbons.

Nous sommes ensuite revenus en courant et, pour lui prouver que j'étais très très fort, je l'ai portée jusqu'à notre palier. C'est pas gros ces bestioles-là, mais mine de rien, ça pèse lourd et, en gravissant la dernière marche, j'étais hors d'haleine.

Je me suis accordé trente secondes pour récupérer et j'ai poussé la porte.

Les sœurs Sylvestre étaient debout, immobiles, fixant un objet posé sur la table du salon avec des mines consternées. En nous voyant, maman a brusquement enfoui l'objet dans son mystérieux sac. J'ai juste eu le temps d'entrapercevoir une poupée du genre Barbie avant qu'elles ne se tournent vers nous.

Ça allait mal.

Très mal !

J'ai eu beau compter, je ne suis arrivé qu'à quatre.

Electra avait disparu !

Et de trois...

Lisa s'est approchée de maman et l'a tirée par la manche.

– Où elle est, tatie Electra ?

J'ai perçu un flottement chez les sœurs et ça m'a conforté dans mon idée que quelque chose prenait sérieusement l'eau ! Tatie Alcyone a regardé autour d'elle en faisant semblant d'être étonnée.

– Bon sang ! s'est-elle exclamée. Tu as raison. Où est-elle passée ?

Elle a jeté un regard implorant aux autres et tatie Astérope a volé à son secours.

– Tu ne te souviens pas ? Elle nous a prévenues qu'elle allait au cinéma !

C'était une excuse tellement nulle, que même Lisa a eu l'air surprise. Comme c'est une petite fille bien élevée, elle n'a pas insisté… elle a mis carrément les pieds dans le plat.

– La poupée, dans le sac, c'est un cadeau pour moi ?

Nouveau silence, plus long cette fois... Tatie Maia a fini par trouver la parade.

– À table ! Les crêpes sont prêtes !

Lisa n'est pas susceptible, d'accord, mais il y a des limites. Là, elle s'est mise en colère.

– Il faut savoir ce que tu dis ! Y a de la farine ou y en a pas ? Et d'abord c'est pas beau de faire des cachotteries ! Et de toute façon je m'en fiche de votre poupée !

Elle est dignement sortie de la pièce pour aller dans sa chambre. Je n'ai pas le courage de ma petite sœur, ou son inconscience. Je me suis contenté d'une tentative de sourire et j'ai hasardé :

– Ça ne va pas ?

Maman a pris les choses en main.

– Pas trop Jeannot. Nous avons quelques petits problèmes. Rien de grave, mais il va nous falloir un peu de temps pour tout régler. Ce serait peut-être mieux que tu retournes à Sainte-Justine avec Lisa.

Je n'en ai pas cru mes oreilles.

– Mais maman, après-demain c'est la rentrée...

– Bon sang c'est vrai, a gémi ma mère. J'avais complètement oublié !

Elle avait oublié ma rentrée au CM2 ! Incroyable ! La situation devait être vraiment grave. Ça m'a été facile de jouer les garçons vexés.

J'ai rejoint Lisa sans que personne n'essaie de me retenir. En fait, j'étais surtout inquiet. L'existence de ce sinistre buveur de magie prenait un relief angoissant. Deux de mes tantes avaient disparu, et j'avais peur que le cauchemar ne fasse que commencer…

Pas de crêpes donc et pas de repas non plus. Quand maman est venue nous retrouver, Lisa était endormie depuis longtemps, en boule dans son lit, et j'avais les yeux qui papillonnaient. J'ai essayé de lui soutirer des informations, mais elle avait visiblement préparé un tas de diversions et je n'ai strictement rien appris.

– Il faut dormir maintenant, a-t-elle fini par dire. N'oublie pas que c'est bientôt la rentrée…

Elle exagérait. Je préparais une remarque acide lorsque j'ai remarqué la flamme souriante qui dansait dans ses yeux. C'était finalement une jolie manière de s'excuser et je l'ai embrassée.

À trois heures dix-sept du matin, certifiées par l'affichage lumineux de mon réveil, j'ai été réveillé en sursaut. Ça parlait dans le salon, ça parlait même fort et j'ai reconnu sans peine la voix de tatie Astérope.

– Il a eu Alcyone, regarde !

– Elle n'aurait jamais dû partir seule à sa recherche...

Je me suis levé à tâtons et je me suis engagé dans le couloir. Tatie Maia, effondrée sur le canapé, pleurait à chaudes larmes. Maman et tatie Astérope étaient debout près d'elle et contemplaient trois poupées, pas plus grandes que des Barbie, qu'elles avaient placées côte à côte sur la table.

Quand je suis entré, tatie Astérope a fait mine de masquer la scène, mais maman l'a retenue. La vérité m'a sauté aux yeux, incroyable au départ puis très vite insupportable.

La première poupée était tatie Méropé, la suivante tatie Electra et la dernière tatie Alcyone !

Je crois que j'ai poussé un cri et que j'ai dû perdre un peu les pédales, parce que je me suis aperçu tout à coup que j'étais dans les bras de maman et que de grosses larmes coulaient sur mes joues.

– Mais qu'est-ce qu'il se passe ? ai-je gémi.

Elle m'a serré contre elle. Très fort. Puis elle a déclaré :

– C'est le buveur de magie...

Le buveur de magie

Un buveur de magie, c'est l'ennemi des sorcières. C'est laid, méchant et terriblement dangereux ! Voilà l'essentiel de ce que j'ai compris des explications de maman.

Elle m'a aussi raconté qu'il y avait très peu de buveurs de magie, mais qu'ils vivaient très très longtemps en dérobant la magie des gentilles sorcières.

– Leur vie est vide, ils ne font rien, ne s'intéressent à rien et n'ont aucune qualité. Ils n'ont qu'une peur, mourir, et qu'une obsession, prolonger leur misérable existence. Le plus possible ! À tout prix ! Ils ne sont pas humains, pourtant ils ressemblent à des hommes sauf qu'ils ont un gros nez qui fait penser à une trompe. Ils s'en servent pour boire notre pouvoir…

J'ai eu un hoquet.

– Mais… les poupées…

Maman a inspiré profondément tandis que, sur le canapé, tatie Maia se mouchait bruyamment.

– C'est ce qu'il reste d'une sorcière quand on lui a volé sa magie. Un buveur est un être très puissant. Electra et Alcyone ont commis l'erreur de l'affronter seules.

– Ça veut dire qu'elles sont...

– Mortes ? Non, mais il y a malheureusement peu de différences. Elles sont incapables de bouger, même la pointe d'un cil, et dans quelques semaines elles tomberont en poussière...

– C'est pas vrai ! ai-je crié. Il doit y avoir une solution !

Maman a fait une petite grimace.

– Le seul moyen de les sauver serait de leur rendre la magie que le buveur leur a volée, mais...

J'ai écarté les bras et je lui ai coupé la parole :

– Eh bien voilà ! Tu n'as qu'à l'attraper et l'obliger à rendre ce qu'il a pris !

Tatie Astérope, qui avait assisté à la conversation sans intervenir, s'est approchée de moi. Elle a posé la main sur mon épaule et m'a regardé dans les yeux.

– Que crois-tu que nous ayons essayé de faire ? Aucune sorcière n'avait entendu parler d'un buveur de magie en France depuis des centaines d'années. Quand Méropé a disparu, nous n'avons pas compris tout de suite. Ta mère a fini par deviner la vérité et nous sommes parties à sa recherche, chacune de notre côté.

Le buveur s'est montré plus fort que nous. Il est très ancien, peut-être plusieurs siècles, ça le rend insensible à notre pouvoir. Le détruire risque d'être impossible.

Sa longue tirade m'a écrasé. Pendant presque une minute je suis resté abattu, ma cervelle pédalant à vide. Puis tout à coup j'ai eu une idée.

– Mamie ! ai-je crié. Il faut avertir mamie ! Elle lui réglera son compte, c'est sûr !

Les trois sœurs se sont regardées en silence et j'ai eu la nette impression qu'elles ne trouvaient pas ma solution géniale.

– Non Jeannot, a finalement tranché maman. Il ne faut surtout pas en parler à ta grand-mère.

– Mais...

– Elle n'a pas plus de chances que nous de le vaincre. Elle doit au contraire rester en dehors de tout cela.

– Mais pourquoi ?

– Un buveur est continuellement assoiffé de magie. Quand il s'en prend à une sorcière, il ne s'arrête pas tant qu'il n'a pas bu toute la famille. Celui qui s'est attaqué à la nôtre ignore peut-être où habite mamie. Il ne faut pas lui donner d'indices.

Si mamie Pléioné ne pouvait pas nous aider, c'était la catastrophe totale !

J'ai fermé les yeux pendant une seconde, et j'ai imaginé toutes mes tantes réduites à l'état de poupées mannequins.

Sauf maman !

Maman, c'était impossible.

La petite voix de Lisa nous a fait sursauter. Elle se tenait dans l'encadrement de la porte, le grand tee-shirt qui lui sert de chemise de nuit tombant jusqu'à ses chevilles.

– Moi, s'il essaie de boire ma magie, je lui tords la trompe et je lui crève un œil !

Chez Abracadabra

Bien sûr, ça n'a pas été évident de nous rendormir et Lisa a fini la nuit dans mon lit, serrée contre moi. Tatie Maia a certainement dormi à la maison, parce que le dimanche matin, quand je me suis levé, elle était en train de préparer le petit déjeuner. Elle m'a accueilli avec un grand sourire.

– Bien le bonjour, Jean Sylvestre. Que diriez-vous d'un bol de chocolat chaud avec croissants frais, fromage de chèvre et salade d'avocats ?

Je n'ai pas pu m'empêcher d'éclater de rire. Il n'y a pas que sa manière de se coiffer et de s'habiller qui soit excentrique, ses menus ne sont pas mal non plus…

– D'accord pour le lait et les croissants, ai-je répondu, mais je ne tiens pas au reste.

– Tu as tort, Jean. Tu as tort. Avocat du matin, la santé en chemin ! Ton arrière-grand-tante

Coppélia te le dirait si elle le pouvait. Sans compter que, mélangé au fromage de chèvre, l'avocat rend le regard brillant et les fesses roses !

J'adore tatie Maia quand elle est survoltée et je me suis installé à table, plein d'entrain. Je ne pensais plus au buveur de magie.

Lisa est arrivée au moment où je demandais où était maman.

– Elle est passée à son bureau régler deux ou trois problèmes, de manière à être libre demain pour ta rentrée. Elle m'a chargée de faire les courses avec toi afin que ton cartable soit prêt.

– Mais on est dimanche ! Tout est fermé !

Tatie Maia a levé les yeux au ciel.

– Jean... a-t-elle soupiré sur un ton de reproche.

J'ai soudain réalisé le type de courses qu'elle me proposait et j'ai sauté de joie en poussant un cri.

– On va chez Abracadabra ?

– Oui, a acquiescé tatie Maia avec un sourire satisfait. Pour une fois, ta mère est d'accord et même Astérope n'a pas soulevé d'objection. Autant en profiter, tu ne crois pas ?

Génial ! Maman est très à cheval sur quelques principes, notamment pas de magie pour se servir dans les magasins à la rentrée et à Noël. Elle nous impose la queue dans les boutiques et nous payons avec l'argent qu'elle gagne en travaillant.

Elle est moins difficile en ce qui concerne le remplissage du frigo et ça doit faire des années qu'elle n'a pas acheté un poireau ou une boîte de conserve...

Je n'étais jamais allé chez Abracadabra pour la rentrée et j'ai applaudi cette première. À moi les nouveautés que maman refuse de m'acheter, les classeurs à la mode et les stylos d'enfer !

Aller chez Abracadabra est une expression qui a été inventée par tatie Maia, évidemment, et je la trouve super. Je me suis dépêché de finir mon chocolat pendant que Lisa, à moitié endormie, commençait à peine le sien. Je me suis essuyé la bouche avec la main et la main sur ma veste de pyjama puis j'ai lancé :

– Prêt ! On y va ?

Tatie Maia a souri et s'est assise sur le canapé.

Devant elle, sur la table basse, des dizaines de catalogues de magasins spécialisés et d'hypermarchés sont apparus, leurs pages brillantes présentant une multitude d'objets pour la rentrée des classes. Je me suis confortablement installé à côté d'elle et j'ai commencé à faire mes courses chez Abracadabra.

– Un cartable Quicksilver. Non, un Poivre Blanc, celui-ci, le bleu avec la bande jaune !

Le sac est apparu entre mes pieds et je l'ai saisi, admiratif.

– Il te plaît ? m'a demandé tatie Maia.

– Trop génial ! Mais c'est dommage qu'il n'ait pas une petite poche sur la bandoulière comme celui de Thibault. C'est super pratique pour ranger ses clefs.

Il n'y a pas eu d'éclair bien sûr, mais mon cartable s'est trouvé tout à coup doté de la petite poche convoitée. J'ai embrassé tatie Maia et j'ai continué mes emplettes.

– Une boîte de feutres. Une grande tant qu'à faire... Et un stylo encre avec la plume qui rentre et qui sort. Ce classeur rouge. La grosse boîte de compas à gauche, celle qui est chère et que je voulais déjà l'an dernier...

Les marchands sont malins. Dans les catalogues qu'ils proposent pour la rentrée, il y a en plus des affaires scolaires un tas d'objets sans rapport avec l'école qu'ils essaient de vendre en même temps.

Au bout d'une demi-heure, mon sac était plein à craquer, mais à côté de moi, sur le canapé, il y avait également une pile de livres, un sweat Adidas hyper beau, une paire de baskets dont le prix était honteusement élevé, trois jeux pour ma console et une trottinette en alu avec des roues lumineuses. J'étais en train de convaincre tatie Maia qu'un ordinateur était indispensable à ma réussite scolaire, lorsque maman est rentrée.

Elle a marqué un temps d'arrêt en voyant le résultat de nos courses chez Abracadabra et a poussé un long soupir.

– Maia... J'avais dit le strict nécessaire...

Ma tante ne s'est pas démontée. Elle a fait un geste de la main qui signifiait que cela n'avait aucune importance et s'est même permis de lui tirer la langue.

Maman a renoncé à lui faire des reproches.

– On va dire que c'était exceptionnel. Bon, les enfants, nous devons nous organiser le temps de retrouver ce maudit buveur de magie. Maia et Astérope vont rester quelques jours à la maison, ce sera plus sûr. Lisa, tu leur laisseras ta chambre et tu dormiras avec ton frère. D'accord ?

Ma sœur a hoché la tête en baragouinant un oui qui s'est perdu dans la bouchée de croissant qu'elle mastiquait. Elle a quand même réussi à avaler et a continué plus clairement :

– Elle est où, tatie Astérope ? Elle cherche le monstre pour lui couper la trompe ?

Maman n'a pas pu s'empêcher de sourire.

– Non. Nous nous en occuperons ensemble. Elle est juste passée chez elle pour récupérer quelques affaires. Elle ne va pas tarder à nous rejoindre.

Nous l'avons attendue jusqu'à midi.

Maman et tatie Maia essayaient de ne pas montrer leur inquiétude. Elles tournaient toutefois en rond dans le salon et s'arrêtaient toutes les trois minutes pour regarder par la fenêtre.

J'ai bien tenté de jouer avec Lisa, mais ni elle ni moi n'avions la tête à nous amuser. Ça a été une matinée atroce. Plusieurs fois Lisa a éclaté en sanglots et j'ai eu du mal à ne pas l'imiter. Finalement, tatie Maia a craqué.

– Astérope est la plus vieille, a-t-elle lancé en tapant du poing sur la table. De nous sept, c'est elle qui a le plus d'expérience. Il ne peut pas l'avoir eue elle aussi !

J'étais d'accord. Tatie Astérope est une sacrée sorcière. Pas commode en plus. J'étais incapable d'imaginer quelqu'un d'assez fou pour s'en prendre à elle.

Maman a fermé les yeux. Elle ne partageait visiblement pas cette conviction.

– J'y vais, a-t-elle finalement annoncé à sa sœur. Fais attention aux enfants.

– Non !

Lisa et moi avions crié ensemble, mais c'était trop tard. Maman est devenue toute brillante et elle a disparu.

Lisa s'est mise à pleurer en tapant du pied et je me suis forcé à respirer lentement, à fond, pour ne pas éclater en sanglots à mon tour. J'avais l'impression que mon ventre venait de se transformer en un gros glaçon.

À côté de nous, tatie Maia était livide. Elle a pris Lisa dans ses bras et je suis venu me blottir contre elle.

Maman est revenue dix minutes à peine après être partie.

Lisa, en la voyant, a poussé un cri de joie et j'ai senti un poids de trois mille tonnes s'envoler de mes épaules. Pourtant, maman ne souriait pas. Elle semblait écrasée de fatigue et de chagrin. Elle a posé une nouvelle poupée à côté des trois autres.

Le buveur de magie avait été plus fort que tatie Astérope.

Une poupée dans la rue

Le lundi matin en ouvrant les yeux, je ne pensais qu'à la rentrée. J'avais complètement oublié mes tantes réduites à l'état de poupées mannequins.

C'était peut-être trop difficile à admettre pour moi ou alors j'étais vraiment un sale égoïste. Je ne sais pas. Ce que je sais par contre, c'est qu'en descendant les escaliers avec maman, j'étais sacrément fier de mon nouveau cartable et qu'il me tardait de retrouver les copains.

Non ! C'est faux ! Je n'ai aucune raison de mentir. Je vais vous dire la vérité.

J'avais fait des cauchemars toute la nuit. Un monstre affreux au visage épouvantable m'avait poursuivi dans chacun de mes rêves et je m'étais réveillé trois fois en hurlant. À chaque fois, maman avait été là, sa main posée sur mon front, me rassurant avec de douces paroles.

Maintenant, je partais à l'école, mais je me moquais éperdument de ma classe et de mes copains. J'avais le besoin désespéré que tout redevienne comme avant, que mes tantes ne soient plus des poupées, que l'on n'ait jamais entendu parler d'un buveur de magie !

Maman me tenait la main très fort.

Avant de sortir, elle avait donné des consignes strictes à tatie Maia qui était restée à la maison avec Lisa.

Elles avaient beau être des sorcières, les sœurs Sylvestre ne connaissaient que très peu de choses sur l'ennemi, elles devaient être extrêmement prudentes. Ne pas ouvrir, ne pas répondre au téléphone, ne pas faire de magie ! Maman ne semblait pas avoir peur. Elle était déterminée et ses yeux étaient durs.

J'ai toujours su que maman était la plus douée des sept sœurs et, en l'observant, je me suis souvenu d'un reportage sur les loups, au cours duquel une louve affrontait un monstrueux grizzly et le mettait en fuite pour sauver ses petits. S'il arrivait jusqu'à ma mère, le buveur de magie aurait affaire à une redoutable adversaire !

Nous nous sommes séparés devant la grille de l'école. Les parents des petits entraient avec eux dans la cour, mais j'étais en terrain connu et je savais que maman avait hâte de retourner à la maison.

– Tu es sûr que tu ne veux pas que j'attende avec toi ? m'a-t-elle quand même demandé.

– Sûr et certain.

– Bon, d'accord. N'oublie pas que tu manges à la cantine. Je pars en expédition avec Maia et je ne pourrai pas te récupérer à midi.

– Et Lisa ?

– Je vais la mettre à la halte-garderie en espérant qu'elle ne cause pas de catastrophes.

Elle m'a embrassé sur les deux joues.

– Maman ?

– Oui, Jean ?

– Sois prudente, d'accord ?

Elle m'a fait un clin d'œil et a levé un pouce. Puis elle a tourné les talons et est repartie, ses longs cheveux noirs flottant dans le vent. J'avais très mal au ventre.

Je ne me rappelle absolument rien de ma première journée de CM2.

Ma maîtresse, Mme Papolotti, a dû me parler pendant ces six heures de classe, mais ses paroles ont glissé sur moi comme la pluie sur les carreaux d'une fenêtre. Je crois que j'étais assis à côté de Thibault, je n'en suis même pas certain.

La sonnerie de quatre heures et demie a agi sur moi comme un réveil. J'ai écarquillé les yeux, surpris de me retrouver à l'école et il ne m'a fallu que douze secondes pour saisir mon cartable et me précipiter vers la porte.

Mme Papolotti m'a rappelé.

– On sort deux par deux et dans le calme !

J'ai réussi à freiner mes jambes et je me suis rangé près de Thibault.

Une éternité plus tard, notre classe a enfin franchi le portail. Je suis parti en courant. Nous n'habitons pas loin et j'ai dû battre le record du monde de vitesse du trajet. Je suis arrivé devant la porte de l'immeuble au moment où deux filles de mon âge ramassaient quelque chose derrière une voiture garée là.

– Elle est trop belle, avec ses taches de rousseur et ses cheveux orange !

Je me suis figé, la main posée sur la poignée. Mon cœur avait arrêté de battre. Lentement, je me suis retourné.

Elles étaient penchées sur une poupée, qu'une des deux tenait dans ses mains.

– Quelqu'un doit l'avoir perdue. On la garde ?

Je n'ai pas eu l'impression de bouger, pourtant je me suis retrouvé à côté d'elles. Elles ont levé la tête, surprises.

– Donne !

J'avais parlé méchamment. Plus qu'à aucun autre moment de ma vie ! J'ai senti qu'elles étaient effrayées.

Je m'en fichais !

– Donne, je t'ai dit !

La fille m'a tendu la poupée en ouvrant la bouche comme pour protester, mais la peur l'a emporté et elle est partie en courant, avec sa copine. J'ai baissé les yeux.

Je tenais tatie Maia dans les mains !

C'était elle dans les moindres détails sauf qu'elle mesurait vingt-cinq centimètres et qu'elle ne bougeait pas.

J'ai senti un cri énorme parti du fond de mon ventre se frayer un passage jusqu'à ma bouche ; juste au moment où j'allais hurler, une vague de terreur glacée m'a submergé.

– Maman !

J'avais murmuré, pourtant le mot a résonné sous mon crâne comme dans une caverne. Je me suis précipité dans l'immeuble.

Moins de vingt secondes pour monter les trois étages.

La porte était verrouillée.

J'ai fouillé mon sac de fond en comble avant de me souvenir que j'avais rangé mes clefs dans la poche spéciale que tatie Maia avait créée sur la bandoulière. Tatie Maia, qui était maintenant aussi vivante qu'une Barbie.

En retenant ma respiration, j'ai ouvert la porte.

Je suis entré.

Comme une ombre, je me suis glissé dans le couloir jusqu'au salon. Personne.

J'ai rapidement visité la cuisine, les chambres. Personne.

Même dans les toilettes et la salle de bain, il n'y avait personne. La peur a commencé à battre de grands coups dans ma tête. Je me suis senti tout faible et ma vue s'est brouillée.

– Maman ! Lisa !

Je n'avais pas osé crier. Je n'avais pas réussi à crier. Il fallait que je m'assoie sinon j'allais tomber. La porte d'entrée s'est ouverte.

Maman et Lisa sont apparues.

Je me suis mis à pleurer.

– Nous partirons demain matin très tôt.

Maman avait été formidable. Elle avait saisi sa sœur que je tenais toujours serrée et l'avait posée sur la table. Ensuite, elle ne lui avait plus accordé un regard. Malgré le chagrin qui devait l'écraser, elle ne s'était occupée que de moi. Jusqu'à ce que, bien plus tard, je sois enfin remis.

J'avais compris rapidement que maman était partie chercher Lisa à la garderie et que le buveur de magie avait profité de son absence pour attaquer tatie Maia, sortie je ne sais pourquoi. Cela n'avait pas suffi à me calmer. J'avais pleuré jusqu'au soir.

– Et on va où ?

Lisa n'avait pas l'air très perturbée.

– À Sainte-Justine.

J'ai sursauté.

– Mais tu as dit qu'il ne fallait pas mêler mamie à tout ça.

– Les choses ont changé, Jean. Je dois vous mettre en sécurité, toi et surtout Lisa.

J'ai frissonné. C'est vrai que ma petite sœur aussi était une sorcière ! Le buveur de magie pouvait s'en prendre à elle !

– Pourquoi ne pas partir immédiatement, alors ?

– Parce que je suis crevée, a expliqué maman avec un pauvre sourire. Je n'ai pas dormi depuis deux nuits et je suis incapable de faire six cents kilomètres en voiture sans me reposer un peu.

Pauvre maman. Comment se débrouillait-elle pour tenir ?

– Et l'école ?

– On verra plus tard. Ce n'est pas ce qui compte le plus pour l'instant, tu ne trouves pas ?

J'ai acquiescé en silence.

Nous avons vite fait nos bagages et nous sommes partis nous coucher après avoir vérifié que les portes et les fenêtres étaient bien verrouillées. En me glissant dans mon lit, j'étais persuadé de ne pas pouvoir m'endormir, pourtant, à peine allongé, j'ai senti mes yeux se fermer.

Je n'ai plus pensé à rien.

Nuit de cauchemar

Deux heures dix-huit. La maison est dans l'obscurité. Le craquement qui m'a tiré du sommeil se reproduit. Plus près.

J'ouvre les yeux au maximum, mes paupières sont la seule partie de mon corps que j'ose bouger. Pendant un moment je n'entends plus rien, mais je sais qu'il se passe quelque chose. Je suis terrifié.

Tout d'abord, je le sens. Une drôle d'odeur. Désagréable. Âcre et écœurante à la fois.

Puis je le vois. Ou plutôt, je le discerne. Il est dans ma chambre. Il glisse sur le plancher à petits pas. Sa silhouette sombre se découpe sur le ton plus clair des murs.

C'est un homme. Il a un gros nez allongé, presque une trompe. Doucement, il se penche sur moi.

Je ferme les yeux, ne laissant qu'un minuscule interstice pour continuer à le regarder. Je me force à respirer normalement, mon cœur bat à vingt mille à l'heure.

Je me prépare à un contact répugnant mais, au bout d'une éternité, le buveur de magie se redresse. Il retraverse ma chambre de sa démarche bizarre et s'engage dans le couloir vers la chambre de Lisa.

De toutes mes forces, j'ordonne à mes muscles de réagir, à ma bouche de hurler. Je veux bondir hors de mon lit. Mais je ne crie pas, je reste parfaitement immobile !

Une fois encore j'essaie de bouger.

Impossible. La terreur a figé mon corps, je ne contrôle plus rien. Une larme de désespoir coule sur ma joue, je veux que ce soit un cauchemar, je veux que ce soit un cauchemar, je veux que ce soit un...

... je sens de nouveau une présence près de moi.

Je n'ai pas le temps de mourir de terreur, la voix de ma petite sœur s'élève et me délivre de ma pétrification.

– C'est bon, il est parti. Je m'ai cachée et il m'a pas trouvée.

Quelques secondes s'écoulent pendant lesquelles je réapprends à respirer, puis Lisa reprend :

– Il a transformé maman en poupée...

Peur et solitude

– Jean, j'a peur…

Quand Lisa oublie que, malgré ses deux ans et demi elle parle parfaitement, c'est qu'elle est vraiment perturbée.

Je me suis assis sur le bord de mon lit et elle s'est jetée dans mes bras en pleurant. Je l'ai serrée très fort contre moi et…

Je n'ai pas envie de raconter ça.

Nous étions deux enfants perdus, terrorisés et la vie était en train de nous écraser. Laissez-nous une page ou deux pour récupérer…

Une...

Deux...

Voilà, ça va mieux…

Il était sept heures du matin, la lumière du jour avait apporté sa dose de réconfort et nous étions en train de dévorer un énorme petit déjeuner. Ceux qui prétendent que les émotions coupent l'appétit ne doivent pas être des Sylvestre…

– Bon, on fait quoi maintenant ?

Lisa m'a regardé avec de grands yeux, une coulée de chocolat décorant son menton.

– On joue aux dominos ?

J'ai soupiré. Elle a beau être précoce, ma petite sœur n'est pas toujours à la hauteur de mes espérances. Je me suis mis à réfléchir à haute voix, autant pour lui décrire la situation que pour clarifier les choses dans ma tête.

– Évidemment, on n'appelle pas la police ou les pompiers. Ça ne servirait à rien et je te dis pas les explications qu'on nous demanderait. On pourrait téléphoner à mamie…

– Et pépé ! a cru bon de préciser Lisa.

– Et pépé, ai-je rectifié de bonne grâce. Sauf que maman ne voulait pas qu'on les avertisse.

– Peut-être, mais on devait aller à Sainte-Justine ce matin !

Quand je vous dis que ma petite sœur est maligne... J'ai réfléchi quelques secondes. Pas facile, à dix ans, de prendre des décisions.

– On va considérer que ce sera notre dernière chance. Gardons-la au cas où on n'imaginerait pas mieux, mais essayons de trouver de l'aide ailleurs.

Lisa s'est essuyé le coin de la bouche, étalant ainsi du chocolat jusqu'au-dessus des yeux.

– Qui c'est qui va me garder quand tu seras à l'école ?

– Merde, c'est vrai...

Le gros mot l'a fait pouffer et son rire perlé a fini de me redonner le moral. Nous allions nous en sortir !

Il fallait d'abord régler ce problème. J'ai envisagé de téléphoner à l'école en imitant la voix d'un adulte pour excuser mon inévitable absence, mais j'ai vite abandonné cette idée. Aucune chance que ça marche. Je pouvais me contenter de ne rien faire. Ça me donnerait au moins deux ou trois jours avant que quelqu'un ne s'inquiète. C'était déjà mieux, pourtant ça ne suffisait pas.

Finalement, j'ai décidé d'appeler Thibault. C'est un bon copain et il se chargerait volontiers du message. J'ai été obligé de fouiller dans le sac de maman pour récupérer son répertoire, parce que je suis absolument incapable de me souvenir du moindre numéro, et j'ai téléphoné.

C'est lui qui a répondu.

– Allô, Thibault ? C'est Jean. Je suis malade. Une grosse angine.

– Ça, mon vieux, a-t-il lancé, ça ne m'étonne pas. T'avais vraiment une sale tête, hier !

– Tu parles ! J'ai au minimum cinquante de fièvre. Tu peux avertir Mme Papolotti que je serai absent au moins une semaine ?

Thibault a poussé un sifflement surpris.

– Une semaine ? Ben dis donc, quand t'es malade toi, c'est pas pour rire. Tu veux que je t'apporte les leçons ?

J'ai sursauté.

– Non, surtout pas ! Le docteur a dit que j'étais terriblement contagieux. Interdiction absolue de passer à la maison !

Nouveau sifflement.

– C'est une angine ou la peste que t'as attrapée ?

– Une angine, mais une affreuse. Il suffit que tu me regardes et tu tombes malade...

– C'est bon, vieux, je ne mettrai pas un pied chez toi. Soigne-toi bien et ne te fais pas de souci pour Mme Papolotti, je me charge de lui expliquer la situation.

– Merci Thibault, t'es un vrai copain.

J'ai raccroché et je me suis retrouvé nez à nez avec Lisa. Elle avait écouté la conversation attentivement et me regardait avec, dans les yeux, une lueur de surprise teintée d'admiration.

– Ça alors, a-t-elle fini par dire, t'es un sacré menteur, toi !

– Uniquement quand j'y suis obligé, me suis-je justifié.

Ma petite sœur était quand même rudement impressionnée et, malgré moi, je me suis senti flatté.

– C'est ton papa, lui ? m'a demandé Lisa en me montrant une photographie qu'elle venait de tirer du sac de maman.

J'ai immédiatement reconnu l'homme qui tenait ma mère par les épaules. Il était grand avec des cheveux bouclés ébouriffés et son sourire laissait voir plein de dents toutes blanches. La photo avait été prise en hiver, au bord de la mer ou d'un grand lac. Maman avait l'air sacrément heureuse. Elle regardait papa avec tellement d'amour dans les yeux que normalement il aurait dû être désintégré. Ses longs cheveux noirs étaient ramenés au-dessus de sa tête et elle portait le grand manteau rouge qu'elle avait acheté avant la naissance de Lisa.

J'ai failli ne pas percuter, mais, tout à coup, mes pensées se sont emballées avant de se figer sur un point précis. Avant la naissance de Lisa !

Fiévreusement, j'ai retourné la photo.

La date imprimée au verso a confirmé ma découverte. Mes parents s'étaient rencontrés trois ans plus tôt sans que je le sache et, à moins d'être particulièrement myope, à cette époque-là, ils étaient encore drôlement amoureux !

Des tas de portes se sont alors ouvertes dans mon esprit. J'ai vérifié sur la photo et j'ai enfin compris pourquoi Lisa et moi avions exactement les mêmes yeux. Normal, nous avions le même père !

Tout à ma découverte, j'ai failli ne pas remarquer le numéro de téléphone griffonné au dos de la photo, sous un prénom.

Simon.

Le prénom de papa.

Un coup de fil décisif

J'ai reposé le combiné. J'étais incapable de composer le numéro.

– T'as déjà oublié les chiffres ?

Lisa était tout excitée à l'idée que nous partagions le même père. Savoir qui était le sien ne lui avait pourtant jamais paru important. Maintenant, c'était différent.

Elle avait examiné la photo avec minutie.

– Il est joli, avait-elle tranché, mais il devrait se coiffer mieux !

J'ai expiré longuement et j'ai repris le téléphone. J'ai appuyé sur les touches comme si chacune avait commandé une bombe et la sonnerie a retenti.

Une fois.

Deux fois.

Trois fois.

Quatre fois.

Absent. J'ai respiré plus librement, soulagé malgré moi.

– Allô ?

De surprise, j'ai failli lâcher le combiné, puis je me suis repris.

– Allô, je suis bien chez Simon Pietri ?

Ma voix tremblait un peu, mais ce n'était rien à côté de mes jambes.

– Oui, c'est moi. Qui est à l'appareil ?

Je me suis jeté à l'eau :

– C'est Jean. Jean Sylvestre. Votre... ton fils.

– Et Lisa, m'a soufflé ma sœur qui avait l'oreille collée à l'écouteur.

– Jean ? Mais... Que... Qu'est-ce...

Je ne m'attendais absolument pas à ma réaction. Je me suis mis à pleurer et les mots ont jailli, tout en désordre.

– On est seuls. C'est le buveur de magie. Il a volé maman. Elle est devenue une poupée, tatie Maia et les autres aussi. Il a essayé de voler la magie de Lisa et elles vont partir en poussière. Normalement c'est l'école, mais je peux pas y aller. On est seuls. On a peur qu'il revienne, mais il faut aussi qu'on l'attrape et...

– Arrête, Jean, m'a-t-il dit d'une voix douce et ferme.

Je me suis tu.

– Où est ta maman ? a-t-il repris.

– Elle s'est fait attaquer par un buveur de magie. Il l'a transformée en poupée. Il a aussi changé toutes mes taties sauf Céláeno qui est en Amérique et maintenant...

– Chut, ne recommence pas. Je ne suis pas à Paris et il me faut au moins deux heures pour te rejoindre. Est-ce que tu peux m'attendre ou est-ce que tu es en danger ?

J'ai commencé à me sentir mieux.

– Non, ça va. Lisa et moi, on peut attendre.

– Lisa ?

– C'est ma petite sœur, elle a deux ans et demi.

– ...

– C'est ta fille.

– ...

Le silence a duré jusqu'à ce que Lisa m'arrache le téléphone. Elle avait un grand sourire.

– Ça va papa ?

Un nouvel allié

Il a mis une heure et quarante-deux minutes pour arriver.

Je ne sais pas d'où il était parti, mais il n'avait pas traîné en route. Quand il a frappé à la porte, je me suis précipité pour lui ouvrir. Lisa m'a stoppé d'une simple phrase :

– Et si c'était le buveur de magie ?

Je me suis arrêté net. De nouveaux coups ont résonné et j'ai entendu sa voix.

– C'est moi, Jean. C'est Simon.

J'ai tourné le verrou et il est entré.

Mon père.

Dire que ça m'a fait drôle de le voir serait très en dessous de la vérité. Un million de sentiments différents se sont percutés dans mon esprit. Je crois, pour être parfaitement honnête, que celui qui a dominé était le soulagement. Les autres émergeraient plus tard.

Nous sommes restés plantés face à face pendant quelques secondes, incapables de dire un mot. C'était mon père, mais c'était un étranger. Il m'avait abandonné, mais il venait de voler à mon secours. Je ne savais pas quelle attitude adopter.

Il avait eu presque deux heures pour se préparer à cette rencontre, pourtant il semblait aussi déchiré que moi. Aussi perdu.

Finalement, il s'est avancé et a passé la main dans mes cheveux.

– Salut bonhomme, a-t-il dit sur un ton affectueux. Ce que tu peux avoir grandi…

– Moi aussi j'ai grandi ! J'ai deux ans et demi !

Lisa était plantée à trois mètres de nous, les mains sur les hanches et elle le regardait en plissant le nez. Mon père a marqué un arrêt puis, doucement, il s'est mis à genoux.

– Bonjour toi, a-t-il murmuré d'une voix brusquement devenue rauque.

Ma petite sœur l'a détaillé de la tête aux pieds.

– C'est vrai que tu es grand, a-t-elle fini par déclarer. Tu n'es pas trop bien coiffé, mais tu as l'air gentil. Tu es vraiment mon papa ?

J'avais profité de la diversion pour retrouver une contenance et j'ai vu mon père fermer les yeux très fort. Quand il les a rouverts, ils étaient tout brillants et il s'est un peu mordu la lèvre avant de répondre.

– Je crois que oui, Lisa. Je le crois vraiment et je suis heureux.

Quand on a deux ans et demi, on ne s'embarrasse pas de principes ou de règles étroites. C'est une qualité que l'on perd en grandissant et c'est bien dommage. Je ne savais pas comment agir ; ma petite sœur, elle, s'est jetée dans les bras de papa. Il l'a serrée très fort contre lui et je me suis rendu compte que j'allais encore me mettre à pleurer. Comme s'il l'avait senti, papa a tourné la tête vers moi et a tendu son bras.

Je n'ai eu qu'un pas à faire pour participer aux plus chouettes retrouvailles de mon existence.

Plus tard, nous lui avons tout raconté. Il nous a écoutés attentivement en nous posant quelques questions. Quand on a fini, il s'est levé pour aller observer les poupées sur l'étagère du salon. J'avais placé maman à côté de ses sœurs et il l'a contemplée un long moment sans rien dire. Il a ensuite passé très délicatement le bout de ses doigts sur son visage avant de revenir vers nous, les yeux aussi brillants qu'un peu plus tôt lorsqu'il nous avait pris dans ses bras. Il les a frottés avec le dos de la main et s'est efforcé de prendre un air joyeux.

– Nous allons essayer de régler ce problème le plus rapidement possible, a-t-il décidé. Je suppose que ce n'est pas la peine d'avertir la police ou un médecin ?

– Je crois, ai-je répondu, qu'il vaudrait mieux éviter…

– Je crois aussi. Tu m'as expliqué que ta mère cherchait à attraper ce buveur de magie. Est-ce que tu sais pourquoi ?

– D'après elle, le seul moyen de sauver ses sœurs était de lui faire recracher la magie qu'il a volée. Mais je ne sais pas comment elle comptait s'y prendre.

Papa s'est gratté le crâne, ce qui a un peu plus ébouriffé ses cheveux déjà pas mal en l'air.

– Ce machin serait-il aussi un sorcier ?

Lisa a levé les yeux au ciel.

– Mais non ! s'est-elle exclamée. T'as pas écouté ! Il boit la magie pour vivre très longtemps. Il est méchant, très très vieux, mais ce n'est pas un sorcier. C'est juste un voleur.

– Bien, a noté papa. J'aime autant ça. Nous allons donc le retrouver et une fois que nous l'aurons attrapé, nous l'obligerons à rendre ce qu'il a pris. Ça vous va ?

Présenté comme ça, c'était très simple. Lisa et moi avons acquiescé avec enthousiasme et papa a paru content.

– Pour le moment, a-t-il continué, nous allons régler cette histoire d'école.

Je me suis crispé. Il fallait mettre les choses au clair sans tarder.

– Il est hors de question que je retourne à l'école et que je laisse Lisa.

– Même avec moi ?

– Avec personne !

Papa a eu un petit sourire qui l'a fait paraître tout jeune.

– Très bien. Il faut cependant expliquer à ton institutrice que tu vas être absent quelques jours. D'accord ?

Je n'ai hésité que deux secondes.

– D'accord.

– Alors, en route.

Nous avons rapidement fini de nous habiller et nous sommes descendus, Lisa se tenant précautionneusement à la rampe.

Nous avons ensuite marché jusqu'à l'école et le seul incident a eu lieu lorsque papa a demandé à ma petite sœur si elle voulait lui donner la main.

– Non, a-t-elle répondu tranquillement. Tu sais, d'habitude, je me débrouille sans toi. Y a pas de raison de changer.

Papa a fait une drôle de tête, mais n'a rien répliqué.

À l'école, c'était la récréation.

– On y va ensemble ? a proposé papa en arrivant devant le portail.

– Tu veux pas y aller, toi ? lui ai-je répondu. Je t'attends dans la cour avec Lisa.

Il a accepté et je lui ai montré Mme Papolotti qui buvait son café assise sur un banc.

Papa m'a adressé un clin d'œil et s'est dirigé vers ma maîtresse, pendant que je regardais autour de moi. Les copains ne m'avaient pas encore aperçu et jouaient à l'autre bout de la cour. Pas très loin de moi, j'ai reconnu la fille à qui j'avais pris la poupée, je veux dire tatie Maia, la veille. J'ai un peu hésité puis je me suis avancé. Elle m'a regardé arriver mais, lorsqu'elle m'a reconnu, elle a fait mine de s'éloigner.

– Attends, ai-je lancé. Je viens m'excuser.

Elle a froncé les sourcils et s'est arrêtée.

Ce devait être une nouvelle, parce que je ne l'avais jamais vue auparavant. Elle était sans doute au CM1 ou alors au CM2 dans ma classe et, le jour de la rentrée, je ne l'avais pas remarquée. Ça m'étonnait un peu. D'abord parce qu'elle était plutôt jolie et ensuite parce que lorsqu'on vit, comme moi, entouré de filles, on fait attention à elles. Ça ne veut pas dire que je passe mon temps à leur courir après. Non, ça signifie juste que je ne suis pas comme beaucoup de mes copains qui ignorent ce que le mot « fille » veut dire et que j'ai pas mal de bonnes camarades.

– Je suis désolé pour hier.

Elle m'a regardé, l'air méfiant, avant de baisser les yeux sur Lisa qui m'avait pris la main. Ça m'a donné une idée.

– C'était la poupée de ma petite sœur, ai-je expliqué. J'ai eu peur que tu ne veuilles pas la lui rendre.

– Tu n'avais pas besoin d'être aussi méchant !

C'était vrai et, à part lui raconter toute l'histoire, je ne pouvais que lui renouveler mes excuses. C'est ce que j'ai fait et elle a souri.

– C'est bon, m'a-t-elle lancé, mais tu m'as fait vraiment peur. En plus, on venait juste de croiser un type inquiétant avec un nez pas possible, et tu...

– Un quoi ? l'ai-je coupé.

J'avais haussé le ton et elle a sursauté. Pour la rassurer, je lui ai expliqué :

– Ma mère a eu des problèmes avec un homme bizarre au long nez et...

– Un buveur de magie ! m'a interrompu Lisa.

Je lui ai écrasé un pied avant de continuer :

– On le cherche depuis quelques jours. C'est peut-être celui dont tu parles.

– Le type que j'ai croisé avait le nez le plus extraordinaire que j'aie jamais vu. On aurait presque dit une trompe, tu te rends compte ? Il marchait d'une drôle de manière, comme s'il glissait sur le sol. Il m'a jeté un regard qui m'a fait froid dans le dos !

– C'est lui, c'est sûr ! me suis-je écrié. Tu ne sais pas où je peux le trouver, par hasard ?

– Non, désolée. Mais si je le croise, je t'avertirai. Tu es dans cette école ?

– Oui, au CM2, mais je vais rater la classe quelques jours. Je m'appelle Jean Sylvestre. Et toi ?

– Meili Fougier. Je suis au CM1.

– Je ne t'avais jamais vue, tu es nouvelle ?

– Oui, j'ai déménagé cet été.

Elle m'a souri et j'ai fugitivement pensé que j'étais passé au CM2 une année trop tôt…

Papa est arrivé sur ces entrefaites et Meili a rejoint sa copine qui l'attendait un peu plus loin.

– C'est bon, m'a-t-il annoncé. Tout est réglé.

– Qu'est-ce que tu lui as raconté à Mme Papolotti ?

– La vérité, bien sûr.

– Quoi ?

– Du moins une partie, m'a rassuré papa. Je lui ai expliqué que je venais de ressurgir dans votre vie, ce qui est vrai, et que nous avions besoin d'un peu de temps pour faire le point, ce qui est vrai également. Elle a été très compréhensive.

– Mais j'avais demandé à Thibault de…

– … lui annoncer ton angine mutante, je sais. Ne t'inquiète pas, je peux garder un secret. Mme Papolotti ignore que tu te portes comme un charme !

J'ai poussé un soupir de soulagement. J'ai adressé un petit signe de la main à Meili et nous avons quitté l'école.

Tout en marchant vers la maison, j'ai observé papa du coin de l'œil. Je lui ai trouvé un air solide, rassurant. Il n'était peut-être pas sorcier, mais avec lui on avait une chance de l'emporter.

Je me suis pris à sourire.

Aventures au Mac Do

– Il n'y a rien à manger dans cette maison ?

Papa était debout devant le frigo ouvert. Et vide !

– Tu sais, avec maman c'est pas la peine de faire les courses, lui ai-je rappelé. On est livrés directement à domicile…

Il n'a pas compris immédiatement, puis un sourire s'est dessiné sur ses lèvres.

– C'est vrai, a-t-il murmuré, j'avais oublié…

Son regard était vague, comme s'il voyageait dans le passé.

– Bien, a-t-il repris plus fort, je vous invite au Mac Do du coin. Nous avons pas mal de personnes à voir cet après-midi, ça nous évitera de ressortir.

– Des personnes à voir ?

– Nous ne pouvons pas nous permettre de sillonner les rues de Paris en espérant tomber nez à nez avec ce buveur de magie, a-t-il pris le temps d'expliquer. Si nous voulons vraiment le retrouver, il vaut mieux faire appel à des gens dont c'est le métier.

– Un détective privé ?

– Dans le mille, fiston ! Sauf qu'on va en mettre plusieurs sur le coup, pour multiplier nos chances.

C'était la première fois qu'il m'appelait fiston et ça m'a fait drôle. Ni désagréable ni agréable. Juste bizarre.

Lisa était tout excitée à l'idée de manger au Mac Do. Ce n'est pas une sortie courante avec maman et elle nous a fait activer pour y aller.

– Tu n'as pas de voiture ? ai-je demandé à papa comme nous partions à pied.

– Bien sûr que si ! Je suis même venu avec, figure-toi ! Mais comme je n'ai plus l'habitude de conduire dans Paris nous allons marcher, si ça ne vous fait rien.

Ça nous enchantait, au contraire, parce qu'il faisait beau et que le Mac Do n'est pas loin de la maison. Nous y sommes arrivés en moins de dix minutes.

Il n'y avait pas trop de monde et nous n'avons pas eu à attendre. Nous nous sommes attablés face à d'énormes hamburgers et nous avons attaqué notre repas avec entrain. Pourtant Lisa en a eu vite assez. Son visage était couvert de mayonnaise et une grosse tache de ketchup maculait son sweat-shirt. Elle s'est vaguement essuyée avec une serviette en papier et s'est levée.

– Je vais jouer là ! nous a-t-elle annoncé en montrant du doigt le toboggan installé au milieu du restaurant.

– Mais tu n'as pas fini, a tiqué papa, et...

Lisa n'a pas daigné s'attarder pour entendre la suite.

– Pas grave ! a-t-elle lancé avant de partir en courant.

Papa a froncé les sourcils.

– Elle exagère ! La politesse n'est pas une affaire d'âge, que je sache.

Il était visiblement agacé, mais sa remarque m'a choqué.

– Tu es plutôt mal placé pour lui faire des reproches, non ?

Il m'a regardé, surpris.

– Que veux-tu dire ?

– Je veux dire que quand on abandonne les gens, ensuite on évite de leur reprocher d'avoir été mal élevés !

Un silence qui devait bien peser trois tonnes s'est installé à table avec nous. Je regrettais un peu ce que je venais de dire, mais pas trop. J'avais raison après tout.

Papa, lui, a paru atrocement gêné. Il a émis quelques sons qui devaient être des débuts de phrases ratées puis a pris une grande inspiration.

Un cri perçant lui a enlevé la possibilité de se justifier. Nous avons tourné la tête.

Au sommet du toboggan, Lisa vacillait, en agitant vainement les bras pour retrouver son équilibre, tandis que le petit garçon qui venait involontairement de la bousculer pressait ses mains devant sa bouche. Papa a juste eu le temps de se lever, Lisa a basculé dans le vide, la tête la première. J'ai fermé les yeux.

J'ai entendu papa pousser un grognement, puis tout près de moi :

– Houlà ! J'a failli me faire mal !

J'ai soulevé une paupière.

Lisa était assise sur sa chaise, son hamburger à la main.

– Mais… que… (Ça c'est papa.)

– Mais… que… (Ça c'est moi.)

– Quoi ? s'est étonnée ma sœur. J'ai re-faim. Je peux le manger, non ? C'est le mien !

Papa et moi avons échangé un long regard sans rien dire, pendant que Lisa se remettait une couche de mayonnaise sur le nez. Je me suis ensuite raclé la gorge et j'ai regardé autour de nous. Mis à part le petit garçon qui ouvrait de grands yeux incrédules, personne n'avait remarqué la scène. Je me suis tourné vers Lisa.

– Tu n'es pas tombée du toboggan ?

– Bien sûr que je suis tombée. C'est normal, il m'a poussée !

– Mais tu es là, en train de manger ton hamburger…

– Je t'ai expliqué que j'avais re-faim !

Ma petite sœur me regardait comme si elle avait affaire à un débile et je n'ai pas insisté. Papa, lui, semblait pétrifié. Il a finalement murmuré :

– Tu vois, Jean, j'ai toujours eu un peu de mal à supporter ça...

– La mayonnaise, a demandé Lisa, ou le ketchup ?

Papa a fermé les yeux une seconde, puis a expiré profondément.

– Je reste zen, a-t-il psalmodié, je reste zen... Bon, quand vous aurez fini de manger, les enfants, j'aimerais faire un saut dans un cybercafé.

– Un quoi ? me suis-je étonné.

– Un cybercafé. C'est un endroit où on peut boire comme dans n'importe quel bar, et où on peut se connecter sur Internet.

Je l'ai regardé sans comprendre.

– Internet est le moyen le plus rapide d'avoir les adresses de détectives privés. Il ne nous restera plus qu'à leur rendre visite.

J'ai hoché la tête. Pour maman, les ordinateurs c'est comme les fast-foods. Indésirables. Alors Internet...

À côté de moi, Lisa a ouvert la bouche en grand, laissant retomber un gros morceau de hamburger sur la table. Elle a tendu le bras vers l'entrée du restaurant en émettant un borborygme.

– Là, lelueurlelagie...

Papa et moi avons suivi des yeux la direction qu'indiquait son index et je l'ai vu.

Il avait passé la tête par la porte et observait attentivement les gens qui consommaient. Il procédait avec minutie, décrivant lentement du regard un cercle qui lui permettait de ne rater personne. Il n'était pas encore arrivé jusqu'à nous, mais cela ne tarderait pas. Il fallait faire vite.

– C'est lui, ai-je murmuré. Le buveur de magie !

Papa a tout de suite compris.

– Ne bougez pas ! nous a-t-il ordonné.

Et il a bondi à l'attaque.

J'avoue que j'ai été très fier de lui. Il n'a marqué aucune hésitation, aucun temps d'arrêt. Il est parti en courant, droit sur le buveur de magie. Je l'ai trouvé vraiment impressionnant et je crois que si cette énorme bonne femme ne s'était pas mise en travers de son chemin, il l'aurait attrapé.

Mais voilà, Mme Grosse Dondon s'est levée au mauvais moment et papa l'a percutée. Le temps qu'il l'aide à se relever, le buveur de magie avait disparu. Papa a tout de même foncé dans la rue. Il est rapidement revenu en maugréant :

– Merde, merde, merde !

– T'es pas trop bien élevé, toi... lui a fait remarquer Lisa.

Je n'ai pas pu m'empêcher d'éclater de rire.

Souvenirs et confidences

Quand nous sommes rentrés à la maison, il était presque vingt heures et j'avais les jambes en compote. J'avais l'impression d'avoir marché cinquante kilomètres pour rendre visite aux détectives que papa avait sélectionnés sur Internet. Ils étaient sans doute très compétents, mais ils auraient pu avoir la bonne idée de ne pas choisir des bureaux aux quatre coins de Paris.

Je m'attendais à me retrouver dans l'ambiance d'un vieux film de gangsters et, à ma grande surprise, j'ai eu l'impression d'entrer chez un docteur. Secrétaire, carnet de rendez-vous, salle d'attente avec des revues sur une table basse, couloirs blancs...

Le type qui nous a reçus n'était même pas impressionnant. Rien à voir avec un héros armé jusqu'aux dents. Il m'a plutôt fait penser au boulanger de Sainte-Justine-de-l'Espigaou avec sa moustache et sa grosse bedaine.

Papa lui a expliqué que nous recherchions un homme. Il lui a donné tous les renseignements qu'il pouvait lui fournir sans lui laisser penser qu'il avait affaire à des fous.

Le détective a pris des notes et posé une série de questions. Il a ensuite annoncé à papa qu'il le contacterait aussitôt qu'il aurait trouvé quelque chose et il lui a demandé un chèque d'acompte.

En entendant le montant j'ai écarquillé les yeux, mais papa n'a pas bronché. Il a sorti son chéquier et a payé.

J'ai attendu qu'on soit dehors tous les deux pour l'interpeller :

– Tu es vraiment aussi riche que ça ?

Il m'a regardé un peu surpris.

– Je vis correctement, mais je suis loin d'être riche. Pourquoi cette question ?

– Tu aurais pu avoir une console et une dizaine de jeux avec la somme que tu as versée. C'est beaucoup trop, non ?

– Tu trouves ?

– Ben oui…

Papa s'est arrêté de marcher et m'a dévisagé. J'ai vu qu'il retenait une phrase cinglante. Il m'a adressé un sourire un peu sévère.

– C'est sûr que c'est une belle somme mais si ça peut t'aider à réfléchir, sache que je vais faire cet après-midi quatre autres chèques de cette valeur et que je serais prêt à payer beaucoup plus s'il le fallait.

Il s'est écoulé moins de trois secondes et j'ai senti un flot de honte empourprer mon visage. J'étais vraiment le roi des chnoques et des égoïstes ! La vie de maman était en jeu et je chipotais sur quelques euros…

Papa a eu la délicatesse de ne pas s'appesantir et nous sommes repartis.

Les autres détectives ressemblaient beaucoup au premier et, à chaque fois, il a payé sans discuter. Nous avons marché, pris le métro, marché, pris le bus, marché et marché. Lisa a rapidement atterri dans les bras de papa puis sur ses épaules. Moi, j'ai tenu bon, je ne me suis pas plaint une seule fois. Au retour, nous avons acheté une pizza, mais Lisa s'est endormie avant qu'on ait eu le temps de la partager. Papa l'a portée dans son lit et m'a rejoint dans la cuisine.

– Alors, que penses-tu de la visite que nous a rendue notre ami, au restaurant ? m'a-t-il demandé en me servant.

J'ai compris que le mot « ami » n'était qu'une manière de parler et j'ai réfléchi rapidement. Ça n'a pas été trop difficile, j'y avais pensé une bonne partie de l'après-midi.

– Ce n'est pas un hasard, ai-je commencé, s'il est apparu juste après la fausse chute de Lisa.

Je n'y connais pas grand-chose en magie, mais je sais que se déplacer ainsi n'est pas courant, même chez les sorcières. Ça doit faire un bruit spécial que le buveur de magie a sans doute entendu...

Papa a opiné de la tête.

– Bien raisonné fiston, a-t-il lancé, je suis d'accord avec toi. J'ai une autre question. Tu m'as dit qu'hier soir vous aviez fermé la porte de la maison, pourtant notre ami est entré et...

– J'aime pas quand tu dis notre ami !

– Excuse-moi, notre ennemi. Est-ce que ce matin elle était encore verrouillée ?

J'ai essayé de me creuser la cervelle pour me souvenir de ce détail, mais je n'y suis pas parvenu.

– Je ne sais plus, ai-je avoué. C'est important ?

– Je crois, oui. S'il peut pénétrer dans une maison fermée à clef, il risque de revenir.

– Pour boire la magie de Lisa !

– Bien sûr.

– Mais alors...

Papa m'a passé la main dans les cheveux.

– Ne t'inquiète pas. Je vais m'installer à côté d'elle et comme j'ai le sommeil plus sensible que l'amour-propre de ta tante Astérope, s'il se pointe je l'entends et j'en fais de la chair à pâté.

Je l'ai cru sans difficulté et je me suis senti tranquillisé.

– Tu connais tatie Astérope ?

– Évidemment, et Maia aussi, et Alcyone, et les autres. Je connais aussi ta grand-mère.

– Tu connais mamie Pléioné ? me suis-je exclamé.

– Je comprends ! Je suis allé plusieurs fois à Sainte-Justine-de-l'Espigaou et j'en garde d'excellents souvenirs. Tes grands-parents sont des gens adorables et j'ai passé là-bas de très bons moments, assis sur la terrasse à côté de ton grand-père, un verre de pastis à la main.

À l'entendre parler ainsi, un flot de tristesse m'a envahi. Il y avait à peine cinq jours, j'étais à Sainte-Justine et mon unique souci était la solidité de ma cabane. Bon sang que les choses pouvaient changer rapidement !

Papa s'est aperçu que je n'allais pas fort et il a claqué des mains.

– Allez, il est temps de te coucher. Brossage de dents pendant que je range ici, et au lit.

J'ai pris conscience que je mourais de sommeil et je suis allé me brosser les dents. Pour une fois, je n'ai pas fait semblant. J'ai frotté pour de bon. Peut-être était-ce le signe que les choses changeaient vraiment. Je me suis glissé dans mes draps avec un soupir d'aise et j'ai attendu que maman vienne m'embrasser.

Il m'a fallu plusieurs minutes pour réaliser que, ce soir, elle ne viendrait pas.

J'ai eu envie de pleurer.

Les bruits de rangement dans la cuisine se sont arrêtés et papa s'est glissé à côté de moi. J'ai cru que j'allais lui dire combien maman me manquait, à quel point son absence me faisait mal, mais d'autres mots sont sortis. Des mots que je n'attendais pas, et qui avaient envie d'être libres.

– Pourquoi tu nous as abandonnés ?

Papa a tressailli, mais il ne s'est pas dérobé.

– Tu m'en veux, pas vrai ?

– Je crois, ai-je murmuré, mais réponds à ma question. Je le saurai mieux après.

Il a pris une grande inspiration et a commencé à parler.

– Tu vois, Jean, je ne crois pas que ce soit possible de s'aimer plus que nous nous aimions, ta mère et moi. Quand nous nous sommes rencontrés, j'ai eu l'impression que toute ma vie j'avais attendu ce moment-là. Nous étions les deux parties d'un puzzle à deux pièces et nous n'avons pas douté que nous étions faits l'un pour l'autre. Nous étions follement amoureux et nous avons passé quelques mois de bonheur absolu. Puis elle m'a annoncé qu'elle était sorcière.

– Et ça a tout gâché ?

– Pas du tout. J'avais beau sursauter quand elle faisait de la magie, et elle en faisait souvent, elle pouvait bien être sorcière ou tout ce qu'elle voulait, je l'aimais et c'était la seule chose qui comptait.

– Mais...

– Écoute la suite. Elle m'a présenté à sa famille, ta famille, et là, ça a commencé à coincer. Tes tantes, du moins certaines d'entre elles, ne sont pas des modèles de tolérance et j'ai eu des difficultés à me faire accepter. Mais j'étais prêt à passer là-dessus, c'était tellement peu important par rapport au reste. Nous étions fabuleusement heureux. Nous avons décidé d'avoir un enfant, et tu es né.

Entendre parler de ma naissance me donnait des frissons. J'ai remonté ma couverture.

– Au début, tout a été parfait, puis les premiers problèmes sont arrivés. Tes tantes étaient toujours fourrées à la maison, elles étaient gaga de toi, et se mêlaient de tout. Elles me critiquaient parce que je n'étais pas sorcier et que je ne comprenais rien à rien. J'avoue que de mon côté, je n'ai pas été toujours très correct avec elles. Je voulais ma femme et mon fils, pas mes belles-sœurs. Tes tantes voulaient leur sœur et leur neveu, pas leur beau-frère. Ta mère, elle, voulait tout le monde et coincée là, au milieu de ces incessantes querelles, elle n'arrivait plus à respirer. Nous avons commencé à nous disputer et ça a empiré jusqu'à ce que notre amour semble dévoré. Pour finir, je suis parti.

– Mais pourquoi n'as-tu jamais donné de nouvelles ? ai-je objecté. J'ai des copains dont les parents sont séparés. Ils continuent à les voir tous les deux ! Tu n'étais pas obligé de t'enfuir et de faire comme si on n'existait pas.

– Je comprends que tu penses ça, mais crois-moi, je n'avais pas le choix.

– Et pourquoi ?

– À cause de la magie. Est-ce que tu trouves normal que le frigo se remplisse tout seul ou que les fleurs dans le vase du salon ne se fanent jamais ?

– Ben oui.

Je n'avais pas eu besoin de réfléchir pour répondre.

– Ça prouve que tu es équilibré, a repris papa, et que tu as réussi à grandir sereinement au sein d'une famille plutôt bizarre. Si tu avais passé comme tes copains une semaine chez l'un, une semaine chez l'autre, cet équilibre aurait été bien plus difficile à trouver. Peut-être même impossible. Nous en avons beaucoup parlé, ta mère et moi, et nous avons conclu que la moins mauvaise solution était que tu restes avec elle. Je ne me suis pas enfui, je me suis retiré et, crois-moi, ça a été très difficile.

J'ai laissé passer quelques secondes, le temps que ces informations s'ordonnent dans ma tête. J'étais loin d'y voir clair, mais je ne pouvais pas attendre jusqu'au lendemain pour poser ma dernière question.

– Et Lisa ?

Dans l'obscurité, j'ai senti papa sourire.

– Ça, pour une surprise ça a été une surprise. Avant ton coup de téléphone, je ne savais pas qu'elle existait !

– Je n'ai peut-être que dix ans mais je pense que tu as dû t'en apercevoir, quand vous l'avez mise en route !

Papa a éclaté de rire.

– Toi alors ! a-t-il lancé.

Puis il est redevenu sérieux.

– Il y a un peu plus de trois ans, j'ai retrouvé ta mère par hasard. Je n'avais pas cessé une seconde de l'aimer, même si nos seuls contacts se limitaient à des coups de fil pour prendre de tes nouvelles. Nous avons immédiatement su que rien n'avait changé entre nous.

– Et vous avez fait Lisa.

– Sans que j'en aie conscience, oui.

Je me suis rappelé l'air heureux de maman à cette époque-là. J'ai soupiré.

– Et ensuite vous vous êtes de nouveau quittés ! Vachement malin...

Papa a toussoté, un peu gêné.

– C'est difficile de revenir en arrière, de prendre des décisions. Tu verras quand tu seras grand...

Je n'ai pas résisté à l'envie d'être un peu méchant.

– Si grandir c'est devenir bête, je ne suis pas pressé !

Papa n'a pas relevé mon insolence. Il s'est penché sur moi et m'a embrassé sur le front.

– Dors tranquille, bonhomme. Je suis là maintenant.

C'est en savourant sa dernière phrase que je me suis endormi.

Le livre de magie

Je me suis réveillé en sursaut. Un drôle de bruit provenait du couloir. J'ai sauté de mon lit et je suis sorti de ma chambre en courant, sans prendre le temps de réfléchir : ma petite sœur était en danger !

Le jour était levé, même s'il n'était pas vieux ; la lumière entrait à flots dans la maison par les fenêtres du salon. Ça m'a évité de percuter papa !

Il était installé dans un fauteuil qu'il avait tiré devant la porte de Lisa et dormait profondément. C'étaient ses ronflements qui m'avaient tiré du sommeil !

Je l'ai regardé un long moment.

Ses cheveux étaient droits sur sa tête, sa joue était écrasée sur sa main gauche et son tee-shirt était tirebouchonné sur son ventre. Il n'aurait pas fait un adversaire bien redoutable si le buveur de magie s'était pointé à ma place. Au bout de plusieurs minutes, il a entrouvert un œil.

– Ne crois surtout pas que je dors, a-t-il marmonné.

J'ai souri.

– Je ne crois pas, ai-je répondu, j'en suis sûr !

Papa a voulu protester, mais ses objections se sont étouffées dans un monumental bâillement. Il s'est étiré longuement et a passé les doigts dans ses cheveux, ce qui a fini de faire ressembler sa tête à un champ de bataille.

– Bien dormi fiston ?

– Au poil. C'est quoi le programme aujourd'hui ?

Papa a fini d'émerger et a tiré sur son tee-shirt avant de se lever.

– En premier, et d'urgence, café ! Ne me demande rien d'autre avant que j'en aie bu un plein bol, si tu veux que je sois à peu près capable de réfléchir...

Et dire que maman, quand elle se lève, pourrait être prise en photo pour un magazine de mode. Ils devaient faire un duo surprenant lorsqu'ils dormaient ensemble !

Nous sommes passés dans la cuisine et papa a ingurgité son demi-litre de café en y trempant vaguement un bout de tartine. Pour ma part, j'ai avalé mes céréales en le regardant peu à peu retrouver forme humaine.

– Bon, ce matin, nous allons nous séparer, a-t-il finalement annoncé.

– Quoi ?

– Je veux encore voir deux détectives, a-t-il expliqué, mais je crois que tu peux être beaucoup plus utile en restant ici.

– Que veux-tu dire ?

– Lisa vient avec moi. De cette façon, le buveur de magie ne pourra pas s'attaquer à elle. Pendant ce temps, tu vas étudier le livre de ta mère.

– Comment sais-tu qu'elle a un livre ?

J'étais vraiment surpris. Personne ne sait que maman possède ce vieux bouquin, même pas ses sœurs. Même pas mamie Pléioné ! C'est un grimoire qu'elle a déniché, quand elle était jeune, chez un bouquiniste. Elle le garde aussi précieusement que le plus rare des trésors. En dehors d'elle, je croyais être le seul à savoir qu'il existait...

Papa s'est contenté de sourire.

– Si tu y trouvais des renseignements sur notre ennemi, cela pourrait sacrément nous aider.

En plus, il savait que le livre de maman parlait de magie !

Dépossédé de mon privilège d'unique confident, j'ai failli m'indigner, mais Lisa est arrivée. Elle se grattait la tête, l'air encore à moitié endormie, et sa ressemblance avec papa m'a sauté aux yeux, me permettant de digérer plus facilement le coup du bouquin. Le secret n'était pas sorti du cercle familial... Bien sûr, j'étais un peu inquiet à l'idée d'ouvrir le livre de maman, d'autant plus qu'elle m'avait strictement interdit de l'approcher. En même temps, j'étais excité comme une puce. Maintenant que j'avais le droit, mieux, le devoir, de le consulter, qu'allais-je y découvrir ?

Lisa n'a pas soulevé d'objections à l'idée de retraverser Paris et, peu de temps après, papa et elle sont sortis.

J'ai inspiré longuement pour calmer les battements de mon cœur et j'ai tiré le troisième tiroir de la commode, dans la chambre de maman. Le vieux livre était là, impressionnant dans sa couverture de cuir usé, les lettres dorées de son titre rendues illisibles par le temps.

Je me suis assis sur le coin du lit et je l'ai ouvert avec un pincement au cœur. J'avais conscience de faire ma première incursion dans le monde de la magie et un frisson a traversé mon dos en un long zigzag glacial. J'ai vite déchanté.

Incompréhensible.

Ce livre était parfaitement, complètement, définitivement incompréhensible !

Je n'ai pas saisi un moindre mot de ce qui y était écrit. Jusqu'aux signes de ponctuation qui étaient impénétrables !

J'ai persévéré pendant quelques pages, j'en ai feuilleté d'autres au hasard, je suis allé à la fin, puis j'ai renoncé. Autant essayer de copier un tableau de Van Gogh, dans le noir, avec des moufles aux mains !

J'ai rangé le livre à sa place et j'ai soupiré. Il ne me restait plus qu'à attendre que papa et Lisa reviennent !

J'étais en train de chercher la télécommande de la télévision, lorsque le téléphone a sonné. Ça faisait beaucoup de mots en « télé... », mais j'ai quand même décroché.

C'était mamie.

– Bonjour mon Jeannot, a-t-elle lancé, comment vas-tu ?

– Ça va, mamie, ça va !

Je me trouvais nul et moche de lui mentir, mais je ne pouvais pas faire autrement. Elle m'a questionné sur ma rentrée et j'ai réussi à m'en sortir avec des banalités. Puis elle m'a demandé de lui passer maman.

– Euh... Ben... Elle est au boulot...

– Un mercredi ? s'est-elle étonnée, car maman s'est toujours arrangée pour ne pas travailler ce jour-là.

– Un mercredi ? ai-je intelligemment répondu. Oui, c'est ça...

Il y a eu un petit silence au bout du fil, puis mamie a repris :

– Elle t'a dit si elle rentrait tard ?

– Non, pas tard, du moins je crois que c'est ce qu'elle a dit, mais c'est peut-être quand même tard.

– Ah, a simplement constaté mamie. Et Lisa n'a pas envie de me faire un petit coucou au téléphone ?

Ça devenait chaud !

– Euh... Lisa est allée acheter du sucre. Du sucre à l'épicerie... Euh... Pour les crêpes de tatie Maia...

– Maia est là ?

– Ben non... Mais si elle vient, comme ça, il y aura du sucre. Euh... je veux dire si elle décide de faire des crêpes... Euh... des crêpes au sucre, bien sûr !

– Bien sûr, a concédé mamie. Je vois... Bon, eh bien, mon Jeannot, embrasse-les toutes pour moi quand tu les verras. Sois sage. Au revoir.

– Au revoir mamie.

J'ai raccroché en recommençant enfin à respirer. J'avais réussi à la tromper !

Je venais de mettre la main sur la télécommande, lorsque la sonnerie du téléphone a de nouveau retenti.

Mamie avait eu des soupçons et appelait pour avoir confirmation !

J'ai décroché en faisant une atroce grimace.

– Bonjour, excusez-moi de vous déranger, je suis bien chez Jean Sylvestre ?

– Oui, ai-je croassé, c'est moi. Euh... C'est mamie ?

– Allô, Jean ? C'est Meili.

– Meili ?

– Tu ne te rappelles pas de moi ? Meili Fougier. Nous nous sommes vus à l'école, et devant chez toi aussi. J'avais trouvé la poupée de ta sœur et...

– Oui, bien sûr, me suis-je repris.

J'étais surpris. Pourquoi donc Meili me téléphonait-elle ?

Ses paroles suivantes ont répondu à ma question. Elles m'ont aussi fait lâcher la télécommande et bondir sur mes pieds.

– Il y a cinq minutes, j'ai croisé le bonhomme dans la rue Pennac. Tu sais, celui qui a un pif en forme de trompe et une drôle de démarche...

Filature

Il y a des situations qui nécessitent des prises de décision rapides. J'ai raccroché, foncé sur le palier puis je me suis ravisé et j'ai fait demi-tour pour laisser un message.

Il est rue Pennac. J'y vais !

Ce n'était pas très clair, mais j'étais sûr qu'ils comprendraient. De toute façon, je n'avais pas grand-chose d'autre à dire, alors...

J'ai battu le record du monde de vitesse de descente sur rampe d'escaliers et je me suis catapulté à l'extérieur.

La rue Pennac n'est pas loin de la maison. Je la connais bien, parce que c'est là que se trouvent la crèche de Lisa et une boulangerie hyper géniale avec une drôle d'enseigne en forme de carabine. On y achète des beignets aux pommes presque aussi délicieux que ceux de mamie.

Bon, avant de continuer, je dois vous dire que je suis un garçon prudent, respectueux du code de la route. Il ne me viendrait pas à l'idée de griller un stop à vélo ou de traverser une rue quand le signal piétons est rouge.

Prudent donc, sauf quand il y a urgence et là, il y avait urgence ! J'avais une seule et unique idée en tête : retrouver le buveur de magie. J'ai traversé la rue comme un boulet de canon, sans jeter le moindre coup d'œil à gauche ou à droite.

Un hurlement de freins suivi d'un énorme vacarme de tôle froissée m'ont littéralement fait décoller de terreur. J'ai atteint le trottoir opposé et j'ai tourné la tête, le cœur à la limite de l'explosion.

Une grosse voiture bleue venait de s'écraser sur un feu de signalisation planté en plein milieu de la chaussée. Le conducteur regardait clignoter la lumière orange, comme si c'était le spectacle le plus étonnant qu'il ait jamais vu. J'ai soudain réalisé que, sans ce feu, je me serais sans doute fait écrabouiller !

Cette pensée m'a perturbé le temps d'un battement de cils, puis j'ai repris ma course sans me poser davantage de questions. Il n'y avait pas de blessé et j'étais pressé... Pas une demi-seconde, je ne me suis demandé ce que faisait un feu de signalisation au beau milieu de la rue !

J'ai débouché dans la rue Pennac à trois cents à l'heure, en négociant mon virage à l'aide d'un parcmètre idéalement situé pour ce genre de chose. J'ai évité un papy d'un élégant crochet à gauche, et je l'ai vu.

Vêtu d'un long manteau grisâtre et portant un chapeau mou enfoncé jusqu'aux oreilles, il furetait sur le trottoir d'en face, comme une sorte de tamanoir humain. Son nez était remarquable. Malgré la distance, cet appendice long et flasque faisait irrésistiblement penser à une trompe. Le buveur de magie allait de porte en porte, s'arrêtant à chaque perron quelques instants, comme pour renifler, avant de continuer son chemin.

Il a marqué une halte plus longue devant l'entrée de la crèche et un frisson glacé m'a traversé le dos lorsque j'ai compris ce qu'il cherchait, ou plutôt qui il cherchait !

Les passants qui le croisaient lui jetaient des coups d'œil surpris, mais aucun ne paraissait se douter que l'être bizarre qu'il regardait n'était pas vraiment humain. J'ai fait semblant d'être intéressé par les vitrines, et j'ai lentement remonté la rue jusqu'à ce que j'arrive à sa hauteur.

Là, j'avoue que me suis senti un peu coincé. J'ai envisagé un instant de lui sauter dessus, mais j'ai vite abandonné ce plan. Je ne me sentais pas de taille à le maîtriser !

Le buveur de magie a quitté les abords de la crèche et a gagné l'extrémité de la rue Pennac. J'ai eu l'impression qu'il était déçu mais, avec sa drôle de tête, ce n'était pas évident d'avoir des certitudes. Il s'est un peu redressé, et a tourné à gauche dans l'avenue d'Al-Jeit.

Je l'ai suivi en croisant les doigts pour qu'il ne me remarque pas. J'avais profité d'un feu rouge pour traverser et je marchais à quelques mètres derrière lui. Il ne reniflait plus et avançait à bonne allure, de cette démarche glissante que Meili, tout comme moi, avait remarquée. Il n'a pas jeté un seul coup d'œil en arrière, ce qui valait mieux, car je prenais peu à peu conscience de ne pas être très doué pour les filatures.

Après l'avenue d'Al-Jeit, il a emprunté une série de petites rues que je ne connaissais pas, avant de rejoindre un boulevard où je n'avais jamais mis les pieds. J'ai soupiré de soulagement en voyant la foule qui se pressait sur les trottoirs. Je ne risquais plus d'être remarqué.

Au bout de vingt minutes, le buveur de magie a finalement tourné à droite. Le quartier où nous venions de pénétrer n'était pas très bien entretenu. Les façades des immeubles étaient grises, les trottoirs plutôt sales et les rares magasins, peu engageants. Il y avait beaucoup moins de monde et, de nouveau, j'ai craint d'être repéré.

J'ai rasé les murs, m'abritant derrière des poubelles ou dans les renfoncements de porte, dès que je le pouvais. Mon attitude devait paraître un peu louche, parce que tout à coup j'ai remarqué un policier qui s'avançait vers moi en fronçant les sourcils !

Il m'a fait un signe de la main, et je me suis arrêté en pestant intérieurement. Je n'avais rien à me reprocher, bien sûr, mais si j'étais retenu trop longtemps, le buveur de magie allait m'échapper. Déjà, il était loin.

Je m'apprêtais à raconter au policier un mensonge – c'est fou ce que je mentais en ce moment – quand la chance m'a souri. Avec éclat ! L'homme n'était qu'à trois pas de moi, lorsque soudain, dans un claquement sec, sa ceinture s'est défaite. Trois boutons ont roulé sur le trottoir et, en une seconde, son pantalon a glissé jusqu'à ses chevilles.

Il portait un joli caleçon à rayures, qui lui avait peut-être été offert pour la fête des pères, mais visiblement, il ne s'attendait pas à le montrer dans la rue. Il a lâché un vilain gros mot et ses joues sont devenues toutes rouges. Il s'est baissé pour remonter son pantalon. Ce devait être plus difficile que pour la descente, car il n'y est pas arrivé immédiatement.

Bientôt, il a été entouré par une dizaine de personnes riant aux éclats. J'ai laissé le pauvre malheureux se débattre avec son pantalon capricieux sous les quolibets de la foule et je me suis esquivé. J'ai juste eu le temps d'apercevoir le buveur de magie tourner à l'angle d'une rue.

J'ai foncé mais, quand je suis arrivé au tournant, il n'y avait plus personne. J'ai grimacé et j'ai lancé le même gros mot que le policier un peu plus tôt. L'étroite ruelle était rectiligne, et je ne discernais aucune intersection. Je l'avais perdu...

Je m'apprêtais à faire demi-tour quand l'odeur est arrivée à mes narines. Une odeur âcre et écœurante que je connaissais bien mais qui s'est dissipée dès que j'ai effectué quelques pas. Je me suis arrêté et, soudain, j'ai compris.

C'était un petit magasin, si minable, à la devanture tellement sale, que j'étais passé devant sans le remarquer. Derrière la vitrine poussiéreuse, un bric-à-brac peu engageant était empilé sans aucun goût. L'odeur venait de là ! Le buveur de magie était à l'intérieur !

J'ai levé la tête. Une enseigne aux couleurs délavées renseignait l'improbable client, curieux de savoir où il mettait les pieds :

ACHILLE KAKALOUFITAS

Brocante
achat et vente d'objets anciens

J'ai eu peur que le buveur de magie ne ressorte et ne me surprenne en train de l'espionner. Je me suis donc éloigné d'une vingtaine de mètres, me plaçant en embuscade derrière le capot d'une voiture garée de l'autre côté de la rue. Et j'ai attendu de reprendre ma filature.

J'ai attendu longtemps...

Très longtemps !

Mes pensées se sont un peu égarées. J'ai commencé à songer à papa, à Lisa et à leur inquiétude probable. Le mot que je leur avais laissé n'était pas très clair. Je les ai imaginés, arpentant la rue Pennac à ma recherche, persuadés que le buveur de magie m'avait fait subir je ne sais quel sort terrible et je me suis senti un peu bête, caché derrière cette auto.

J'en étais arrivé à me demander si je n'avais pas intérêt à renoncer, lorsqu'une dame s'est approchée, tenant une petite fille par la main. Elles étaient bien habillées, toutes les deux en rouge, les cheveux soigneusement tirés, pas le genre de personne à faire des achats chez Achille Kakaloufitas. Pourtant, lorsqu'elles sont passées devant son magasin, la petite fille s'est brusquement arrêtée.

Un superbe ballon multicolore venait d'apparaître, juste devant la porte, et brillait doucement. Ça, c'était de la petite magie, ou alors je n'étais plus un Sylvestre !

La fillette s'est dégagée d'une secousse et s'est baissée pour prendre le ballon. La porte s'est ouverte en grand. Le ballon a roulé à l'intérieur. La petite fille l'a suivi. La dame a eu l'air surprise, mais pas inquiète. À son tour, elle est entrée dans la brocante. Sans refermer derrière elle !

Je n'ai eu qu'à me décaler de deux voitures pour avoir une vue parfaite sur l'intérieur du magasin. La dame en rouge était en train de payer le ballon à un homme qui se tenait debout derrière un comptoir sombre. À l'instant précis où mes yeux sont tombés sur lui, j'ai compris la vérité. Achille Kakaloufitas et le buveur de magie ne faisaient qu'un !

J'avais découvert où habitait notre ennemi et je connaissais même son nom !

J'ai retenu de justesse un cri de joie. Une minute plus tard, la petite fille est ressortie, son ballon à la main, la dame à côté d'elle prenant une grande goulée d'air frais comme si elle sortait d'un endroit particulièrement nauséabond. Elles ont refermé la porte et se sont éloignées. Je n'avais plus qu'une envie : annoncer la nouvelle à papa et à Lisa.

Je suis parti en courant.

Conseil de guerre

Je pensais qu'ils seraient fous d'inquiétude, aussi ai-je été surpris de les trouver en train de mettre la table, une bonne odeur de pâtes au basilic flottant dans la cuisine.

– Vous ne vous êtes pas fait trop de souci ?

– Non, pas trop, a répondu papa, mais tu n'étais pas obligé de rester si tard chez ton copain Thibault !

– Que veux-tu dire ?

– Tu es bien allé chez Thibault, non ? Je te signale qu'il est midi passé et que la correction veut qu'on laisse les gens manger tranquilles. D'ailleurs, en parlant de manger, nous commencions à avoir faim, Lisa et moi...

Papa a dû penser que mon air ahuri méritait qu'on me rafraîchisse la mémoire, car il a poussé vers moi la feuille de papier sur laquelle j'avais griffonné mon message.

Je n'ai rien trouvé dans le livre.
Je vais passer un moment avec Thibault.
Je vous embrasse.

Jean

J'ai jeté sur la feuille un regard stupéfait. C'était bien mon écriture, sauf que je n'avais jamais écrit ça ! J'ai failli protester, mais je me suis ravisé. Il y avait plus urgent.

– Je l'ai trouvé ! ai-je crié. Il s'appelle Achille Kakaloufitas et je connais son adresse !

– Moi aussi, je connais l'adresse de Thibault, a lancé Lisa, mais il s'appelle Denansio, pas Kakaloumachin.

– Kakaloufitas ! me suis-je exclamé. Je parle du buveur de magie, pas de Thibault !

– Quoi ?

Papa venait de me prendre par l'épaule et me regardait dans les yeux, sa tête à moins de trois centimètres de la mienne.

– Qu'est-ce que tu racontes ? a-t-il articulé avec force. Où étais-tu ce matin ? Que s'est-il passé ?

Je me suis un peu éloigné, parce que je commençais à loucher et qu'en plus je n'apprécie pas trop qu'on me respire dans la figure. Ensuite, j'ai tout raconté d'un trait. Papa m'a écouté avec tellement d'attention que j'ai compris brusquement l'expression « boire les paroles de quelqu'un ». Il ne bougeait pas, ne semblait pas respirer et ne clignait même pas des yeux.

Quand j'ai eu fini, il a ouvert la bouche pour poser la première question d'une série que je devinais longue. Lisa lui a coupé l'herbe sous le pied.

– C'est nul ce que tu inventes !

D'accord, elle est petite, elle n'a pas encore l'habitude de peser ses mots, mais là... Pour la première fois de ma vie, j'ai eu envie de lui fiche une bonne claque. Bien sûr, je n'ai pas osé. Je me suis contenté d'une phrase bien cinglante :

– Mais... Que...

Ma petite sœur m'a regardé en soupirant.

– Pourquoi le buveur de magie fait-il apparaître un ballon brillant pour attirer des clients, alors qu'il n'y a que de vieux machins pleins de poussière dans sa vitrine ? En plus, je te signale qu'un buveur de magie, ça ne sait pas faire de la magie !

Je trouve ridicule de recevoir des leçons d'une petite fille qui n'a pas trois ans, mais je n'avais rien à opposer à ses arguments et je me suis senti un peu bête.

Heureusement, papa est venu à mon secours.

– Ce n'est qu'un détail, a-t-il affirmé. Si tu dis que tu as découvert où se cache le buveur de magie, je te crois. Il faut que nous dressions un plan.

Un silence total s'est installé, troublé seulement par le cliquetis imaginaire de nos cerveaux qui fonctionnaient à toute vitesse.

Enfin… Surtout celui de papa.

Le mien, je dois l'avouer, ne faisait pas trop de bruit ! L'aventure que je venais de vivre m'avait vidé de toute capacité à penser. Lisa, elle, réfléchissait à sa manière, le pouce à la bouche, son index frottant le bout de son nez. Quelqu'un qui ne l'aurait pas connue aurait certainement pensé qu'elle était en train de s'endormir. Grave erreur !

– On attend la nuit, et on l'attaque ! a-t-elle lancé.

Un plan simple et efficace. Papa a opiné de la tête.

– Je crois que tu as raison. Ce soir, je m'occuperai de lui.

– Je viens avec toi, me suis-je exclamé.

– Moi aussi ! a crié Lisa.

– Il n'en est pas question ! a assené papa. C'est beaucoup trop dangereux !

Mon cerveau s'est tout à coup remis à fonctionner. À mille à l'heure, comme pour rattraper le temps perdu.

– Tu dis que c'est dangereux parce que tu risques de te bagarrer avec lui ?

– C'est possible, en effet, a calmement répondu papa.

– Donc tu ne peux pas t'encombrer d'un sac. Tu as besoin de moi pour porter les poupées, je veux dire maman et ses sœurs !

– Mais… Pourquoi veux-tu les emmener là-bas ?

J'avais construit un beau piège. Il ne me restait plus qu'à en poser la dernière pierre. C'est ce que j'ai fait avec un grand sourire.

– Parce qu'on ne sait pas comment le buveur de magie va rendre la magie qu'il a volée ! Suppose qu'on récupère ce qu'il a bu et qu'il faille vite, vite le donner à maman…

Papa a pris un air soucieux.

– Saperliflûte, a-t-il fini par dire, j'ai peur que tu aies raison. Nous ne pouvons pas prendre de risques, tu vas devoir m'accompagner.

– Alors, je viens aussi ! s'est écriée Lisa.

Papa et moi avons baissé les yeux vers elle.

– Je peux quand même pas rester seule ici, a-t-elle continué comme si elle parlait à des simplets. Le buveur de magie pourrait entrer pendant que vous serez dehors.

– Pas si nous l'attrapons, ai-je répliqué.

Mon argument n'a pas tenu une seconde.

– D'abord, c'est pas certain que vous l'attrapiez et ensuite je suis trop petite pour rester seule à la maison. Je ferais certainement des tas de bêtises.

Papa a ouvert de grands yeux et, un bref instant, je l'ai presque plaint. Découvrir du jour au lendemain qu'on a une fille de deux ans et demi n'est pas facile à digérer, mais lorsque cette fillette s'avère être Lisa...

Ma petite sœur a frappé des mains comme pour clore la conversation.

– Les pâtes vont refroidir, s'est-elle exclamée. À table !

L'attaque

Dans l'après-midi, par acquit de conscience, papa a téléphoné aux détectives privés. Aucun n'avait la moindre piste. Peut-être n'avaient-ils même pas commencé à chercher... Je me suis senti sacrément fier d'avoir été meilleur qu'eux !

Nous avons quitté la maison à vingt-trois heures. Lisa, qui s'endort d'ordinaire bien plus tôt, semblait en pleine forme. Papa portait sur son dos un sac de toile contenant les six poupées. Il avait hésité avant de prendre sa voiture, mais l'idée de faire tout le trajet à pied, avec le risque de devoir se charger de Lisa, l'avait convaincu de se mettre au volant.

Son auto était un vieux break Subaru déglingué qui m'a tiré un sourire ; ma petite sœur a été plus sévère que moi. Elle s'est installée à l'arrière, entre une pile de bidons d'huile vides et une roue de secours mangée par la rouille. Le plancher était jonché de vieux prospectus, d'emballages divers et d'outils en mauvais état.

– Tu pourrais faire le ménage, a-t-elle remarqué. Ça ressemble à une poubelle, ici ! Dans ta maison, c'est pareil ?

Papa a soupiré. Il a failli dire quelque chose, mais, au dernier moment, il s'est retenu et nous sommes partis.

Il n'y avait pas beaucoup de monde dans les rues à cette heure-là. J'ai facilement réussi à le guider jusqu'au grand boulevard que j'avais découvert le matin. Papa a garé sa voiture sans trop de difficulté et nous avons continué à pied jusqu'au magasin d'Achille Kakaloufitas.

La chance était de notre côté, la rue était parfaitement déserte, les lampadaires laissaient dans l'ombre de grandes portions de trottoir. Hélas, notre veine n'a pas duré. La vitrine et la porte étaient protégées par un solide rideau métallique !

En jetant de fréquents coups d'œil autour de lui, papa s'est baissé et a empoigné le bas de la grille. Pour la remonter, il n'a pas osé la secouer trop fort, de peur de faire du bruit. Elle n'a pas bougé d'un centimètre !

Une petite grimace désolée s'est peinte sur son visage et il a cherché du regard une autre solution. Lisa s'est alors approchée de la porte. Elle a posé une main sur le rideau d'acier et, tranquillement, l'a soulevé sans qu'il émette un seul grincement.

J'ai cru que les yeux de papa allaient sortir de leurs orbites et, comme il avait la bouche grande ouverte, il ne lui manquait plus que la langue pendante pour ressembler à un personnage de dessin animé !

Je me moque, mais j'avoue que, moi aussi, j'ai été surpris. Je n'aurais jamais pensé que ma petite sœur soit déjà une aussi bonne sorcière.

Lisa a ensuite poussé la porte du magasin, pourtant fermée par un verrou, et s'est tournée vers nous. Elle nous a adressé un petit clin d'œil.

– Tu es géniale, a murmuré papa.

Le compliment a paru la ravir, mais il m'a rendu férocement jaloux pendant une fraction de seconde. Juste après, je me suis senti honteux d'avoir pu éprouver un tel sentiment. Très rapidement toutefois, ces deux émotions sont passées aux oubliettes. L'attaque commençait...

Après un dernier coup d'œil sur la rue, nous sommes entrés.

Une odeur atroce nous a pris à la gorge.

Papa a allumé la lampe torche qu'il avait apportée et nous avons découvert un abominable capharnaüm. La poussière n'avait pas été faite depuis des siècles et la plupart des objets, entreposés par terre ou sur des étagères branlantes, étaient tellement sales et en si mauvais état qu'il était impossible d'imaginer que quelqu'un veuille les acheter.

Quand je pense que maman trouve que je ne range pas ma chambre ! Même le break de papa était un modèle de propreté et d'ordre à côté du bazar qui régnait dans le magasin d'Achille Kakaloufitas.

Papa m'a tendu le sac. Je l'ai passé sur mes épaules, et nous nous sommes approchés d'une porte sombre qui s'ouvrait derrière le comptoir. Lisa s'est pressée contre ma jambe.

– J'a peur, quand même, a-t-elle murmuré.

J'ai caressé ses cheveux pour la rassurer, mais, moi non plus, je n'en menais pas large. Papa a pris une profonde inspiration et a posé la main sur la poignée. La porte s'est ouverte avec un grincement qui m'a paru assourdissant. Il a fait un pas en avant et, grâce à un énorme effort de volonté, j'ai réussi à ne pas en faire deux en arrière.

Un couloir obscur s'étirait devant nous, démesurément long, et j'ai été soudain persuadé qu'il conduisait directement en enfer. À côté de moi, j'ai nettement entendu claquer les dents de Lisa. Papa s'est mis à avancer à pas de loup et nous nous sommes empressés de le suivre. Tout, plutôt que rester seuls dans cet endroit démoniaque !

Je me suis obligé à respirer profondément pour calmer les battements de mon cœur et j'ai regardé autour de moi. À la lumière de la torche, j'ai vu que les murs étaient couverts, non d'inscriptions cabalistiques, mais d'une tapisserie horrible à gros motifs marron. C'était laid, d'accord, mais ça ressemblait davantage à l'entrée d'une vieille maison à l'abandon qu'au seuil du royaume des ténèbres...

J'ai commencé à me sentir un peu mieux. Finalement, le couloir n'était pas si long que ça. Pas plus que celui de la maison, en tout cas.

Nous avons bientôt buté contre deux nouvelles portes. L'une s'ouvrait sur une cuisine dans un état de crasse et de désordre épouvantable. L'autre était fermée et laissait filtrer le bruit d'un épais ronflement.

Nous touchions au but !

– Prêts, les enfants ? a chuchoté papa.

J'ai eu l'impression qu'il disait ça pour se donner du courage et j'ai préféré ne pas répondre. Je n'étais pas prêt du tout !

Il a ouvert la porte de ce qui devait être la chambre d'Achille Kakaloufitas.

Depuis que nous étions entrés dans le magasin, nous nous étions peu à peu habitués à l'odeur nauséabonde qui régnait, mais là, j'ai failli m'évanouir. La puanteur était si forte qu'elle en était presque insoutenable. Lisa a eu un petit hoquet de dégoût et s'est pincé le nez.

Papa, lui, s'est contenté de balayer la pièce avec le faisceau de sa lampe. Le buveur de magie était là, allongé sur le dos, dans un grand lit placé au milieu de la chambre.

Il ronflait cinquante fois plus fort que pépé, ce qui était normal vu la taille de son nez, mais le plus étonnant était qu'il avait gardé ses habits. Tous, même son manteau gris qui ressemblait à une loque. Ça expliquait un peu l'odeur qui régnait ici...

Papa m'a tendu la torche. Quand je l'ai prise, j'ai découvert que mes mains tremblaient encore plus que celles de la mère Signoret, ce qui n'est pas peu dire.

– À trois, tu allumes, m'a-t-il soufflé en désignant l'interrupteur placé contre la porte. D'accord ?

J'ai fait oui de la tête et il a commencé à compter.

– Un... Deux... Trois !

J'ai allumé, papa a bondi et a atterri pile sur le ventre du buveur de magie.

Celui-ci a arrêté immédiatement de ronfler et a émis un gargouillis très convaincant.

– Vas-y papa ! Tu vas l'avoir !

C'était Lisa qui venait de hurler, me faisant presque m'évanouir de terreur. Papa a de nouveau sauté, certainement pour finir d'écraser notre ennemi. Il est monté haut, très haut, encore plus haut, jusqu'à ce que je comprenne qu'il ne montait pas tout seul et qu'il ne se préparait pas à écraser qui que ce soit. Le buveur de magie s'était assis sur son lit et tenait papa à bout de bras, loin au-dessus de sa tête, aussi facilement que j'aurais tenu mon ours en peluche.

Papa a tourné vers nous un regard désolé où la crainte se disputait à la surprise, et le buveur de magie l'a expédié contre un mur.

Ça a fait un bruit énorme, à mi-chemin entre l'explosion atomique et l'éruption volcanique. Trois cadres se sont décrochés, se brisant dans leur chute. Papa a poussé un cri étouffé et s'est effondré sur le plancher. Il n'a plus bougé.

Le buveur de magie s'est tourné vers nous.

J'avais si peur que, pendant une seconde, j'ai cru que j'allais me faire pipi dessus. J'étais tétanisé, incapable même de penser. Les yeux d'Achille Kakaloufitas ont soudain paru grossir et ses pupilles ont tournoyé au centre de ses iris. Mais ce n'était pas moi qu'il regardait. C'était Lisa.

Le bout de sa langue est apparu entre ses lèvres et, pour la première fois, j'ai entendu sa voix.

– Mmh… a-t-il susurré. Mon dessert…

Ses yeux se sont encore agrandis et Lisa a poussé un minuscule cri de souris. Ce monstre s'apprêtait à boire ma petite sœur ! C'en était trop. En poussant un hurlement de rage, j'ai bondi vers lui en brandissant la lampe torche de papa. Je me sentais de taille à terrasser un lion.

Le buveur de magie m'a écarté d'un revers de main impitoyable, m'assommant à moitié sous l'impact et me renvoyant en arrière comme une vulgaire balle de tennis.

Mon sac a glissé à terre. J'avais la tête qui tournait et ma vision était devenue floue. Le buveur de magie ne s'intéressait déjà plus à moi. Ses yeux immenses se sont de nouveau posés sur Lisa et ses pupilles se sont remises à tournoyer.

– NON !

Le cri avait retenti près de la porte de la chambre, et le buveur de magie a sursauté. Il a tourné la tête. Trop tard !

Je l'ai vu décoller et s'écraser contre le mur du fond avec tant de force qu'en comparaison le choc qu'avait encaissé papa ressemblait à une simple caresse. Il a laissé une marque bien visible en creux, dans le plâtre, mais il ne s'est pas effondré. Il est reparti comme une fusée pour embrasser le mur opposé, dans un choc qui a fait vibrer la maison entière.

– NON ! NON ! ET NON ! Pas mes petits-enfants !

La voix était vibrante de fureur, et à chaque NON le buveur de magie percutait un mur !

Victoire !

Bien sûr, c'était mamie...

Elle était debout à l'entrée de la chambre et paraissait tellement en colère que même un char d'assaut aurait pris peur en la voyant !

Elle faisait de grands mouvements avec la main droite qui correspondaient exactement aux aller et retour d'Achille Kakaloufitas entre les murs. N'importe qui d'autre, à sa place, aurait été réduit en bouillie depuis longtemps, mais le buveur de magie semblait juste abasourdi. Mamie le frappait pourtant de toute sa magie et je me suis demandé un instant si elle n'avait pas l'intention de l'ensevelir sous les décombres de sa maison.

Hélas, notre ennemi était bien plus puissant que ce que j'imaginais. Je ne sais pas si mamie a fini par se fatiguer ou s'il a réussi à se reprendre, toujours est-il qu'au moment où il percutait un mur pour la vingtième fois il est parvenu à capter le regard de ma grand-mère. Celle-ci a marqué une hésitation. Il en a profité.

Ses yeux se sont agrandis, jusqu'à envahir la moitié de sa figure. Mamie s'est figée. Tout aurait pu alors se terminer là, et cette histoire aurait été l'une des plus tristes du monde.

Heureusement, il devait en être autrement.

Du coin de l'œil, j'ai vu quelque chose remuer dans un angle de la pièce. Papa ! Il avait repris connaissance et se redressait, une lueur farouche dans les yeux. La bagarre n'était pas finie.

Mais il était encore trop loin pour agir. Il fallait que je fasse diversion. J'ai lancé la torche sur notre ennemi. De toutes mes forces !

Occupé qu'il était à se débarrasser de mamie, il ne l'a pas vue arriver et l'a reçue en plein milieu du front. Ça a dû lui faire vraiment mal mais, s'il a poussé un grognement, étrangement, il n'a pas bougé. J'ai compris que ma grand-mère, pourtant pétrifiée, lui donnait du fil à retordre. Il ne pouvait détourner son regard d'elle sous peine d'endosser à nouveau le rôle de balle de ping-pong.

Lisa en a profité pour agir. Au moment où papa refermait ses bras autour du torse du buveur de magie, elle a bondi en avant, son pied est parti. Je ne sais pas si c'est le hasard qui a guidé son coup, mais elle a atteint Achille Kakaloufitas dans un endroit particulièrement sensible et le buveur de magie s'est plié en deux en poussant un cri de douleur.

Mamie n'était plus sous l'emprise de son regard. Elle a titubé en arrière, trouvant assez de forces pour crier :

– Le nez, Jean ! Tords-lui le nez !

Sans réfléchir, j'ai plongé à mon tour dans la mêlée. Le buveur de magie se tortillait pour obliger papa à le lâcher, mais celui-ci le tenait solidement. Lisa avait attrapé une jambe de la créature et s'y cramponnait en essayant d'y planter ses dents de lait. Mon arrivée a fait basculer tout le monde par terre, dans un fouillis de membres enchevêtrés.

Après quelques secondes de combat confus, le buveur de magie a réussi à se libérer un bras et l'a tendu en arrière pour saisir le cou de papa. Juste avant qu'il ne l'empoigne, j'ai refermé mes deux mains autour de son nez !

Le contact était répugnant, mais je n'ai pas lâché prise. J'ai contracté mes muscles et j'ai tordu cette trompe maudite, le plus fort que j'ai pu. Le résultat a dépassé toutes mes espérances.

Le buveur de magie a émis un cri strident et des milliers de rayons dorés ont jailli de son corps. Une lumière flamboyante a baigné la pièce et je me suis mis à trembler comme une feuille dans la tempête.

J'ai de nouveau tordu le nez que je tenais et la lueur, que je savais magique, est devenue si vive que j'ai dû fermer les yeux. Le buveur de magie continuait à s'agiter, moins fort désormais. J'ai senti la main de Lisa, puis celle de papa venir renforcer les miennes et, ensemble, nous avons accentué notre pression. Il y a eu un tintement assourdissant et soudain je me suis retrouvé allongé par terre. J'ai ouvert les yeux. La lumière dorée avait disparu. Du buveur de magie, il ne restait plus qu'un petit tas de poussière !

Je me sentais aussi en forme que si j'avais passé la nuit dans une machine à laver bloquée sur essorage rapide, mais j'ai pu tourner les yeux vers l'entrée.

À l'endroit où mon sac était tombé, six formes étaient en train de se relever. Six formes humaines, de taille absolument normale.

L'une d'elles avait de longs cheveux noirs, des yeux sombres et un sourire éclatant.

Des retrouvailles mouvementées

– Maman !

Le même cri était sorti de la bouche de Lisa et de la mienne.

Nous nous sommes précipités dans ses bras et, pendant de longues minutes, plus rien d'autre n'a existé que nos retrouvailles. Elle nous serrait si fort que j'avais du mal à respirer, mais j'étais si heureux que je pouvais bien me passer d'air pendant un moment.

Finalement, nous avons réussi à nous séparer, pour nous retrouver aspirés dans un tourbillon d'embrassades et de cris de joie.

Mes tantes étaient survoltées et mamie l'était autant qu'elles. Elles parlaient toutes à la fois, se disputant presque pour savoir qui nous garderait le plus longtemps pressés contre son cœur ou qui nous ferait le plus de baisers.

J'ai compris que si elles étaient ravies d'avoir

été libérées, elles étaient particulièrement fières que cela ait été par nous.

Quand mamie nous a garanti que nous n'entendrions plus jamais parler d'Achille Kakaloufitas, mes tantes se sont laissées aller à un accès d'allégresse que j'ai trouvé fort bruyant. Lisa a dû penser comme moi car, tout à coup, elle a tapé du pied.

– Vous faites trop de bruit, a-t-elle protesté. Je n'entends pas ce qu'ils se disent !

Un silence complet a envahi la pièce. Toutes les têtes se sont tournées dans la même direction.

Maman et papa se tenaient à moins de cinquante centimètres l'un de l'autre. Ils avaient entrelacé leurs doigts et leurs yeux brillaient tellement que je suis sûr qu'on aurait pu éteindre la lumière et continuer à y voir comme en plein jour…

Tatie Astérope s'est raclé la gorge et soudain, l'ambiance est devenue franchement glaciale. Je me suis souvenu avec consternation de ce que m'avait raconté papa. Il ne s'était jamais entendu avec les sœurs de maman, particulièrement tatie Astérope, et elles ne l'avaient jamais accepté. Qu'allait-il se passer ? L'aînée des sept sœurs n'est pas commode et le regard qu'elle jetait à papa aurait réussi à congeler un volcan en éruption.

Les autres filles Sylvestre, à part peut-être tatie Maia, n'étaient guère plus avenantes… Maman s'est campée à côté de papa et a levé fièrement le menton, prête à la bagarre.

Tatie Astérope s'est de nouveau raclé la gorge et a ouvert la bouche pour lancer sa première pique. Elle n'en a pas eu le temps.

Lisa s'est plantée devant elle.

– Si tu fais ce bruit parce que tu as le rhume, ça va, a-t-elle articulé d'une voix décidée. Mais si c'est parce que tu es en colère, ça va pas ! Lui, c'est Simon et c'est mon papa. C'est aussi le papa de Jean, mais on est d'accord pour partager. L'ennemi, c'est pas lui, c'est le buveur de magie !

Elle a réfléchi intensément pendant deux secondes, puis a continué.

– Et comme le buveur de magie s'est transformé en poussière, y a plus d'ennemi !

J'ai trouvé l'explication de ma sœur lumineuse. Est-ce que je savais être aussi clair quand j'étais petit et si oui, quand et pourquoi avais-je perdu ce don ?

J'avais, moi aussi, beaucoup de choses à dire mais, comme d'habitude, les mots restaient coincés tout au fond de moi. J'ai donc été le premier surpris lorsque je me suis mis à parler.

– Lisa a raison ! Papa est venu dès que je lui ai téléphoné. Il a été malheureux de vous voir transformées en Barbie, même toi, tatie Astérope.

Il s'est occupé de nous, il a réglé le problème de l'école, engagé des détectives et il n'a pas hésité à sauter sur le bide du buveur de magie. Sans lui, il ne vous restait que quelques semaines avant de partir en poussière et même mamie n'aurait pas réussi à vous sauver. Alors arrêtez de le juger ! Il nous a abandonnés, mais on lui pardonne et votre avis ne peut rien y changer. Vous êtes mes taties et je vous aime, mais lui, c'est mon père et je le garde !

J'ai conclu mon discours par une moue décidée et j'ai croisé les bras. Ça empêchait qu'on voie mes mains trembler... J'ignorais comment les sœurs Sylvestre allaient réagir mais, si l'angoisse me nouait le creux du ventre, j'étais prêt à me battre pour chacun de mes mots.

J'ai défié mes tantes du regard. À ma grande surprise, je n'ai décelé sur leur visage qu'une gêne un peu piteuse.

Mamie s'était placée à l'écart et nous regardait tous avec un sourire énigmatique. Elle ne disait rien, ce qui était surprenant, et paraissait attendre un dénouement prévu depuis longtemps.

Sans nous concerter, Lisa et moi avons rejoint papa et maman.

Avec un grand sourire, ils se sont légèrement écartés pour que nous nous glissions entre eux. Tout à coup, je me suis senti formidablement bien. J'étais pourtant épuisé et, dans la bagarre, j'avais reçu un coup dans les côtes qui me faisait encore un peu mal.

Mais ce n'était rien par rapport à la félicité dans laquelle je venais de plonger. J'avais mes deux parents à côté de moi ! Ils s'étaient enfin retrouvés et, cette fois-ci, ils n'étaient pas prêts de se séparer !

J'ai levé les yeux vers papa. Il était plus mal coiffé que jamais, un magnifique coquard était en train d'apparaître autour de son œil gauche, mais lui aussi semblait nager dans le bonheur.

Quant à maman, son sourire était si éblouissant qu'il valait une déclaration d'amour de cinquante pages...

Lisa m'a tiré par la manche.

– On est une belle famille, non ? s'est-elle exclamée.

Tatie Maia a éclaté de rire et s'est avancée vers nous.

– La plus belle famille du monde ! a-t-elle approuvé. Vous m'invitez ?

Le sourire de maman s'est encore élargi et les deux sœurs sont tombées dans les bras l'une de l'autre.

– C'est joli, les cheveux orange avec les cheveux noirs, a remarqué Lisa.

Tatie Maia lui a appuyé sur le bout du nez, puis elle s'est tournée vers papa.

– Merci, Simon, a-t-elle soufflé. Merci beaucoup ! Nous nous sommes comportées comme des pestes avec toi. De véritables sorcières ! Je te promets que c'est fini. Nous allons nous rattraper.

Elle l'a embrassé avec sa fougue coutumière et j'ai vu que papa était très, très content. Maman aussi, d'ailleurs.

Mamie a poussé un long soupir qui semblait dire « enfin ! » et elle a regardé ses autres filles. J'ai compris que si elles ne bougeaient pas, et vite, ma grand-mère allait se mettre sérieusement en pétard, mais le premier pas de Maia avait été l'étincelle qu'il fallait. Elles se sont toutes précipitées sur nous et on a encore eu droit à une embrassade générale.

Sauf que cette fois, papa en bénéficiait aussi…

Et ça, c'était vraiment génial !

Le secret de la poussière dorée

Voilà, mon histoire est terminée.

Enfin presque...

Il me reste deux ou trois choses à vous raconter pour que vous sachiez tout.

Le feu rouge au milieu de la route, le pantalon du policier, le ballon multicolore, le mot modifié sur la table de la cuisine, c'était mamie.

Quand je l'ai eue au téléphone, elle n'a pas cru une seconde aux bobards que je lui racontais. Comprenant que la situation était grave, elle a utilisé la Grande Magie pour venir à Paris. Elle se doutait de la nature de notre ennemi et a tout de suite saisi qu'elle serait plus efficace en nous aidant sans se montrer.

Mamie est très forte et suffisamment discrète pour qu'Achille Kakaloufitas ne se soit douté de rien à son sujet. Elle n'était pas certaine de l'emporter dans un face à face, mais quand elle a vu que nous ne nous en sortions pas, elle n'a pas hésité et s'est jetée dans la bagarre. Heureusement qu'elle était là... Je crois qu'elle est sincèrement heureuse que mes parents se soient retrouvés et il me tarde qu'on aille tous ensemble à Sainte-Justine-de-l'Espigaou.

Le lendemain de notre victoire, un des détectives a téléphoné pour annoncer qu'il avait retrouvé la trace de notre homme sur la Côte d'Azur. Il souhaitait un nouvel acompte. Papa l'a éconduit fermement et a annulé les enquêtes des autres détectives.

Je voudrais vous dire un mot sur Meili. C'est grâce à elle que j'ai retrouvé la trace du buveur de magie et je ne crois pas que ce soit un hasard. Je suis sûr qu'elle est un peu spéciale, peut-être même a-t-elle du sang de sorcière dans les veines. J'ai hâte de retourner à l'école pour voir cette fille-là d'un peu plus près...

Une dernière chose.

Peut-être la plus importante.

Après le repas, je me suis retrouvé sur le balcon à côté de papa. Nous étions seuls tous les deux et je sentais qu'il avait envie de me parler. Ça tombait bien, j'avais aussi quelque chose à lui révéler.

Papa a commencé plusieurs phrases, il n'en a fini aucune. Finalement, il a pris une grande inspiration.

– Et puis zut ! s'est-il exclamé. Une démonstration vaut mieux qu'une explication. Tu veux un jus d'orange, Jean ?

J'ai ouvert des yeux étonnés, mais déjà papa avait claqué des doigts. Un grand verre est apparu dans sa main, rempli de ma boisson favorite. En un éclair, j'ai compris.

– Tu vois, a commencé papa, c'est quand...

Et il s'est tu.

Un deuxième verre venait d'apparaître, et celui-ci, c'était moi qui l'avais créé !

– Mais... a-t-il balbutié.

– Comme toi, ai-je répondu en souriant.

– Bon sang, Jean, que se passe-t-il ? Ce qui nous arrive est... je veux dire... tu as une explication ?

J'en avais une. Solide. Je l'avais trouvée, un peu plus tôt, en lisant un chapitre entier du livre secret de maman. Je la lui ai offerte.

– Le buveur de magie était très vieux, des centaines d'années peut-être. Pendant la durée de son existence maléfique, il a dû déposséder de nombreuses sorcières. Quand nous l'avons obligé à restituer toute la magie qu'il avait bue...

– La lumière dorée ?

– Oui, c'est ça ! Quand nous lui avons tordu la trompe, la magie a réintégré le corps de maman et de ses sœurs, mais il devait y en avoir plus que prévu. L'excédent est entré en nous.

– Alors…

– Alors nous sommes des sorciers ! Les premiers sorciers de la famille Sylvestre !

Nous sommes tombés dans les bras l'un de l'autre et nous nous sommes embrassés en riant, pleins à exploser d'un bonheur extraordinaire.

Voilà, c'est fini, maintenant.

Vraiment fini.

À moins que ça ne fasse que commencer…

informations cascade

LA BONNE CHANSON VI

La lune blanche
Luit dans les bois ;
De chaque branche
Part une voix
Sous la ramée…

Ô bien-aimée.

L'étang reflète
Profond miroir,
La silhouette du saule noir
Où le vent pleure…

Rêvons, c'est l'heure.

Un vaste et tendre
Apaisement
Semble descendre
Du firmament
Que l'astre irise…

C'est l'heure exquise.

Paul Verlaine (1844-1896)

FÉES, MAGICIENNES ET ENCHANTEURS

Baba Yaga

L'une des plus célèbres sorcières des contes de fées. Elle vivait en Russie dans une cabane montée sur des pattes de poulet et survolait les immenses forêts dans un mortier.

Circé

Demi-déesse grecque, elle transformait les hommes en animaux. Les plus célèbres de ses victimes sont les compagnons d'Ulysse qui furent changés en pourceaux. Ulysse échappa à l'ensorcellement et resta quelque temps à ses côtés.

Médée

C'était la fille d'un roi grec et elle était magicienne. Elle aida Jason à conquérir la Toison d'Or en tuant ses adversaires à l'aide de philtres magiques.

Merlin l'enchanteur

Grâce à ses prophéties et ses enchantements, ce magicien très sympathique aidait le roi Arthur à vaincre ses ennemis. Mais il aimait la fée Viviane et lui confia ses secrets : celle-ci en profita pour l'attirer dans un piège dont il ne put se libérer.

Faust

Un alchimiste allemand du début du XVIe siècle est à l'origine de la légende qui inspira de nombreux écrivains et musiciens. Faust aurait vendu son âme au diable pour connaître ses secrets, ce qui lui attira de nombreux malheurs. Mais il finit par être sauvé.

Mélusine

Fille de fée, Mélusine était ravissante et son mari Raymondin l'aimait plus que tout. Mais elle lui cachait quelque chose : chaque samedi, ses jambes se transformaient en queue de serpent. Hélas, son mari découvrit son secret et elle disparut en poussant des cris affreux. C'est Mélusine qui aurait fait construire le château de Lusignan, en Poitou.

Nostradamus

Il vivait en France au XVIe siècle. Astrologue et médecin, il était célèbre pour ses prophéties et il fut invité à la cour de France.
Il prédit la fin du monde pour le XXXVIIIe siècle, croit-on.

Les sorcières de Salem

Sans doute pour s'amuser, quelques jeunes filles de la petite ville de Salem, aux États-Unis, firent croire qu'elles entraient en transes lorsqu'elles étaient en présence d'une sorcière. Elles firent arrêter 141 personnes et exécuter 20 prétendues sorcières.

LES SORCIÈRES

Qui sont les sorcières ?

Dans les contes, les sorcières sont de vieilles femmes laides, avec un nez et un menton crochus, des doigts griffus, une longue robe noire et un chapeau pointu. Mais les femmes que l'on accusait autrefois de sorcellerie pouvaient être jeunes et jolies... On les soupçonnait d'avoir conclu un pacte avec le diable et de jeter des mauvais sorts, de provoquer la mort, de déclencher des épidémies et des cataclysmes. Les villageois avaient peur d'elles, mais ils allaient toutefois les trouver quand ils étaient malades car elles connaissaient les plantes qui guérissent.

La chasse aux sorcières

C'est cette connaissance de la nature qu'elles se transmettaient de mère en fille, et le mystère dont elles étaient entourées qui les mettaient à part. Leurs incantations et leurs pratiques magiques venaient sans doute de rites païens et de croyances très anciennes, ce qui ne plaisait pas à l'Église. La chasse aux sorcières a donc commencé au XVe siècle pour prendre de plus en plus d'importance. Durant plus de trois siècles, par centaines de milliers, des prétendus sorciers et sorcières furent arrêtés, torturés et brûlés vifs, la plupart du temps sur de fausses accusations. L'expression « chasse aux sorcières » désigne aujourd'hui ces persécutions injustifiées.

La sorcellerie de nos jours

La science permet d'expliquer de nombreux phénomènes qui paraissaient magiques à nos ancêtres, mais certaines superstitions perdurent. Les voyants, les diseuses de bonne aventure, les cartomanciennes et les fabricants d'amulettes ne possèdent guère de pouvoirs magiques, en revanche ils savent profiter de la crédulité des gens.

Dans certains pays, surtout d'Afrique et d'Asie, on fait appel aux marabouts et aux chamans, des prêtres-sorciers, pour prendre des décisions ou pour se soigner.

Ces dossiers ont été établis en collaboration avec Nicole Bustarret.

cascade 9-11

ALBERT A LA BERLUE
Michel Le Bourhis.

UNE AMIE GÉNIALE
Sandrine Pernusch.

AVERTISSEMENT DE CONDUITE
Ségolène Valente.

LA BANDE DE FORT APACHE
Jacques Asklund.

BIEN JOUÉ MÉLUSINE !
Yvon Mauffret.

BILLY CROCODILE
Yves-Marie Clément.

ÇA CHAUFFE À LA MAISON
Nadine Walter.

CET ÉTÉ, ON DÉMÉNAGE
Anne-Marie Desplat-Duc.

LE CHEVALIER AUX TROIS VISAGES
Jean Molla.

UN CHIEN CONTRE LES LOUPS
Hélène Montardre.

CLAIR DE LOUP
Thierry Lenain.

CLASSE DE LUNE
François Sautereau.

LES CM2 À LA UNE
Catherine Missonnier.

UN CŒUR EN VACANCES
Ségolène Valente.

COMMENT JE SUIS DEVENUE PIRATE
Yves-Marie Clément.

COMMENT VIVRE 7 VIES SANS AVOIR MAL AUX PIEDS
Évelyne Brisou-Pellen.

LA COURSE AUX RECORDS
Lorris Murail.

DANGER JOURNAL SECRET
Guy Jimenes.

DE L'EAU PLEIN LES BOTTES
Chantal Cahour.

LES DISPARUS DE FORT BOYARD
Alain Surget.

LA DOUBLE CHANCE DE JULIETTE
Françoise Elman.

ENQUÊTE ET PATINS À ROULETTES
Alice Hulot.

UN ÉTÉ ENTRE DEUX FEUX
Yvon Mauffret.

LES ÉVADÉS DE LA RENTRÉE
Ségolène Valente.

EXTRATERRESTRE APPELLE CM1
Catherine Missonnier.

LE FILS DES LOUPS
Alain Surget.

FILS DE SORCIÈRES
Pierre Bottero.

HISTOIRE DE LUCIEN
François Charles.

L'ÎLE AUX TORTUES
Michel Girin.

L'INCONNU DU QUATRIÈME
Alice Hulot.

JEUX DE FAMILLE
Pascale Perrier.

JOUER C'EST GAGNER !
Pascale Perrier.

LE JOURNAL SECRET DE MARINE
Sandrine Pernusch.

LE JOUR OÙ J'AI RATÉ LE BUS
Jean-Luc Luciani.

LACE-MOI LES BASKETS
Guy Jimenes.

cascade 9-11

LA MACHINE À VOLER LES CŒURS
Guy Jimenes.

MANON ET RAPHAËL
Sandrine Pernusch.

MA PREMIÈRE BOUM
Ségolène Valente.

MILLIONNAIRE À ONZE ANS
Andrew Norriss.

MISS CASSE-COU
Stéphane Daniel.

MON CHAT, MES COPINES ET MOI
Marc Cantin.

MON CHIEN VA À L'ÉCOLE
Chantal Cahour.

MYSTÈRE À BORD
Catherine Missonnier.

MYSTÈRE ET HAMBURGER
Jean Alessandrini.

ON T'AIME CHARLOTTE
Sandrine Pernusch.

PANIQUE EN 6e A
Catherine Missonnier.

PAS FACILE D'ÊTRE UNE STAR
Marc Cantin.

PITIÉ ! PAS CETTE FILLE
Sylvaine Jaoui.

POUR UN PETIT CHIEN GRIS
Yvon Mauffret.

PREMIER EN FOOT
Catherine Missonnier.

UN RAP POUR SAMIRA
Jean-Luc Luciani.

UNE RENTRÉE ROSE ET NOIRE
Sandrine Pernusch.

SECRETS DE SORCIÈRES
Alice Hulot.

LA SIRÈNE AUX YEUX D'OR
Michel Girin.

S.O.S. URGENCES
Roselyne Bertin.

TOUS À LA PATINOIRE
Ségolène Valente.

UN TRÉSOR À L'ORPHELINAT
Évelyne Brisou-Pellen.

TROIS CHATONS POUR ZÉLIE
Yvon Mauffret.

DES VACANCES À HISTOIRES
Sandrine Pernusch.

LA VILLE QUI REND FOOT
Jean-Luc Luciani.

VIVE LES PUNITIONS !
Guy Jimenes.

VOTEZ POUR MAMAN !
Chantal Cahour.

L'AUTEUR

Pierre Bottero est né en 1964. Il vit depuis toujours à Pélissanne, un petit village près de Salon-de-Provence, où il est instituteur. Il exerce dans l'école même où il fut élève et fait désormais cours aux enfants de ses anciens copains de classe !
Passionné de V.T.T., de course à pied et de promenades dans les collines provençales, ce grand amateur de fantastique a déjà publié plusieurs romans pour la jeunesse.

L'ILLUSTRATRICE

Nadine van der Straeten dessine depuis vingt ans. Si son cœur balance entre l'illustration et la bande dessinée, elle aime avant tout raconter des histoires du bout de son crayon.
Depuis ses études à Strasbourg sous la houlette de Claude Lapointe, elle collabore étroitement avec de nombreux magazines et éditeurs pour la jeunesse. Elle réalise également des pochettes de disques et ne déteste pas écrire quelques chansons.
Nadine van der Straeten vit actuellement en région parisienne.

Achevé d'imprimer en France en juillet 2003
sur les presses de l'Imprimerie Hérissey à Évreux (Eure)
Dépôt légal : août 2003 – N° d'édition : 3867 – N° d'impression : 95254